U0048288

時報出版

奇怪的日本人，奇妙的日本語

奇怪ㄋㄟ！

日本的公司裡怎麼會有穿著睡衣的人跑來跑去？

好奇妙ㄛ！

原來「莎喲娜拉」不是再見、「阿里嘎多」也不是謝謝？

28個超基本生活關鍵語，
教你道地日本味，讓你看透日本人！

作者／
蔡慶玉、香菇

推薦序

慶玉是政大日文系第五屆的學生。1994年我帶著由她們自發組成的日本訪問團，幾乎環遊了日本本島一周，東京、大阪、京都、九州，最南端還到了鹿兒島的指宿，最後在筑波大學進行短期的交流課程。

雖然慶玉當時還只是大一升大二的年紀，但卻能巧妙地運用僅知的少數單字和日本人順利溝通，真是難能可貴，留給我深刻印象。而且當時的大環境，不像現在有那麼多優質的日語學習資源，我想，除了有一些語言天分以外，重點是她找對了運用語言的有效方法。其實，學習日語只要先掌握關鍵詞彙，充分了解其用法和使用場合，模擬情境加以應用，就會事半功倍。

我很高興看到自己的學生，能寫出這樣一本輕鬆通俗的日語書。這本書針對日本文化，深入探討了許多大家有興趣、想知道的日本話題，做了精彩的台日比較分析；在語文的部分，精選出來的句子非常實用，幾乎是日本人每天都會用到的關鍵詞彙，甚至大多數還是台灣人一定聽過（可能也琅琅上口）的日語。看似簡單入門，但是延伸出來的道地用法，非常有可看性，是一般正規教科書裡少有的。整體而言，這是一本容易閱讀卻頗有深度的日語學習書。

我常常告訴學生，語言是活的，不可以死背書面上的單字、句型、文法。學習一種語言，要同時去了解和關心它的文化的層面、流行的趨勢、社會的共識、生活的習慣、教育的觀念，甚至於兩性的想法等等，這都會影響語言的使用。這本書正好涵蓋這些主題，透過輕鬆幽默的敘述和圖畫，除了學到日文，還能讓讀者去反思，得到一些生活的啟發和靈感。

慶玉對文化語言差異的觀察非常敏銳，這源自於她多采多姿的異國生活經驗。當年她大學畢業後先在台灣日商工作，幾年後又到美國攻讀碩士，之後被挖角到日本知名廣告公司，還曾受聘於日本政府的教育委員會。台灣人能在日本大公司工作，而且受到重視，可說是極少數。在美國和日本的求學與工作經驗綜合起來，讓她接觸到國際多元化的刺激，所以更能比一般人清楚地比較出各國文化的不同。我在她身上看到了力求完美的日本做事精神，和她一直沒變的台灣豪爽開朗個性。慶玉現在是兩個可愛的台日混血兒的媽媽，她有時會跟我說，在日本要帶孩子又要上班，實在是身心俱疲，但我一直鼓勵她，就是這樣才有機會融入日本各個層面的生活，切身體驗日本人的社會和想法啊！

我誠心推薦這本書給所有對日本有興趣的讀者，不論你有沒有日語基礎，或是已經有一些基礎而想更深入了解日本，這本書都值得參考。最後，謝謝各界對我們學生的支持。當然書中難免有不盡完美的地方，還請大家惠賜寶貴意見。

國立政治大學日文系教授兼
外語學院院長

于乃明

各界都說讚

徐翔生

國立政治大學日本語文學系副教授

慶玉大學時專攻日文，對日本語言及文化有相當程度之理解，後負笈東瀛在彼鄉生活多年，切身體會日本的社會文化。今她將其在日生活的心得感觸化為文字集結出版，內容對了解日本實為不可多得且深具參考價值。尤其書中文字活潑生動，讓人彷如身歷其境。

吳致秀

國立台中科技大學應用日語系副教授
華視生活日語主講老師

慶玉的文筆年輕生動，幽默地描繪出真正日本人的想法和習慣。語言學習者就是需要這樣全方位的知識，樂在其中，才能澈底地駕馭一個外國語。

楊武勳

國立暨南國際大學國際文教與比較教育學系副教授
日本早稻田大學教育博士

有別於一般教科書或流行雜誌的框架式介紹，作者以平易近人的第三者角度，細緻地發掘日本文化與社會的魅力。

林思敏

中山醫學大學應用外語學系助理教授
日本國立東京外國語大學博士

透過對於日本的細膩觀察與親身體驗，拉近日本文化的距離感，直接讓人感受到「包容」中又帶著「細緻」的特殊性。

李奇

電影新銳導演
英文補教界名師

（譯）慶玉在高中時代就是我所有學生中的佼佼者！英語發音精準，表達靈活！如今，被美、日文化薰陶多年後，她將美式精彩活潑的語言教學邏輯及實踐法用在日語學習上，讓人眼界大開！有人說：英日不能兩全。意指日語發音、用法會干擾英語。但是慶玉完全突破了這個瓶頸，英日語兩全其美！

麦田啓造

全球品牌首席廣告創意總監

DDB, Japan

（譯）這本書，是史上最可愛的台灣和日本的橋梁，充滿會讓現今的日本恢復元氣的新想法。我覺得不可思議的是，慶玉的觀察和發想常常讓日本創意成員不自覺地說：「啊！對耶！」相信台灣人還有日本人看完這本書後都會更喜歡日本。

藤見尚子

北海道旭川觀光大使

（譯）這是一本連身為日本人的我，看了也不自覺頻頻點頭的書，因為裡面充滿了許多有趣，令人會心一笑的發現！日本通的蔡小姐嚴選出來的關鍵字，千真萬確地在和日本人溝通上有相當的幫助！所以要去探訪日本前，請您務必一定要讀讀看喔！日本衷心地歡迎和期待台灣朋友的到來！

李怡萱

YSL美妝品牌協理

東京是我最喜歡的城市之一，作者慶玉豐富多樣的在地生活經驗加上實地就職東京大企業及政府共十多年的親身體驗，透過她幽默敏銳的觀察力和文字，讓我更了解日本人的想法及生活用語，就算不會五十音也能輕鬆閱讀，非常推薦給想快速上手實用生活日語的讀者！

陳曉霖

北一女英文資深教師
英國語言學碩士

我常跟北一女的學生說，語言學習者就是一個文化的仲介者，虛心嚴謹地學習才能真正融入進而學到異文化的精髓。我最喜歡聽慶玉隨口做的台日文化比較，在台灣的陽春麵店說日本拉麵有多鹹有多貴，SK-II 廣告為了一顆蘋果的完美畫面，運了300顆來挑……這是一本最好看，讀起來津津有味的日語書。

吉田妙子

P&G廣告營業企劃主管

Beacon Communications, Japan

（譯）慶玉出版和日本有關的書，我覺得再適合不過。她比我身為日本人還懂得吃喝玩樂。我們幾乎放假都會一起出門玩，春天會穿和服去賞櫻花，冬天會全副武裝地去滑雪，星期五晚上會在不知名巷弄，尋找沒招牌的絕世美食。甚至婚禮也都同樣在明治神宮舉行。慶玉的日語口音聽不出是外國人，只有在熱情地講台灣的事時，才會發現：哦，她不是日本人。

主要出場人物

慶玉

是日本人妻
也是正港的台灣人
將告訴你日本人的小祕密

香菇

本書的繪圖作者，
介紹日語字句的主要角色

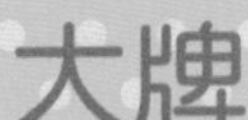

香菇的馬利歐，
時常在本書演出鄉土劇的重要角色之一

Dodo

香菇的最愛，
總是糾正香菇的不當言行，
不過在現實中是不會說話的

目次

01 喜歡道歉的日本人

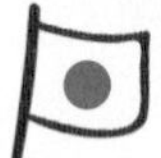

雖然すみません有「對不起」的意思，
但是僅止於不小心碰到或小小的錯。
真正的道歉是ごめんなさい。

すみません

沒事就喜歡道歉

日本人是公認很有禮貌的民族，所以在日本，無論到哪裡都會讓人覺得賓至如歸，買東西、辦事情，不會常常火氣上升，就連區公所承辦人員都和新光三越的電梯小姐一樣有禮貌。我想，這應該是一個民族性的表現吧！

記得早年我去美國念書的時候，當地的朋友提醒我，若開車不小心發生碰撞，不可以先說「對不起」，因為那就表示自己不對了，一旦告上法院時就等於承認自己做錯了、認賠了。我聽到時很訝異，但也不得不牢記在心裡，因為我自知發生的機率很大。英文課本教過：「到羅馬要像羅馬人。」(Do in Rome as the Romans do.)所以我在洛杉磯也要模仿洛杉磯人保護自己的方法。

幾年前，一家人在北海道旅行的時候，大概是因為下雪地滑，等紅燈時，後面的車子不小心「碰到」我們車子的保險桿，那一對日本夫婦第一時間便下車鞠躬道歉，即便我們說「沒關係，人車都沒事」，對方還是堅持給我們電話號碼，要我們日後有事聯絡他們。我從照後鏡看著他們鞠躬九十度目送我們離去，像是送走社長那樣畢恭畢敬，之後他們又轉身向後面被他們所擋到的車子主人一一鞠躬致歉，這才迅速把車開走。

雖然車子在陌生的冰天雪地被撞到，但我卻一點也沒有不愉快的心情，事發時不用拿棒球棍下車，總讓人心裡覺得暖暖的。

天天會用的28句

すみません

su mi ma sen

對不起/不好意思

會用到的場合

這句話你一定聽過！為什麼會把它當成「天天會用的28句」第一句，其實是有原因的。因為它用到的機率最高！我曾經計算過，光是這句話，我每天平均最少要說八次！

不論是想問路或是點餐、買東西，只要是向陌生人開口說話，一定得先來一句「**すみません**」。

這個用法很類似英文的excuse me！先引起注意，並呼叫人幫忙。例如：在餐廳想要點菜的時候，你可以稍微舉個手（不用太高），喊一下「**すみません**」，這時服務人員就會立刻過來幫你點菜。這句話一定要學起來，不然去日本用餐時會一直乾坐在位置上餓肚子，沒有人幫忙點菜。

活生生雙語例句 獨

1.在飯店的自助早餐喝了牛奶、柳丁汁、味噌湯和咖啡之後……

「すみません，洗手間在哪裡？」（すみません＝請問一下）

2.在超人氣拉麵店枯坐著，一直等不到人來點餐……

「すみません，請幫我點餐。」（すみません＝不好意思）

PS. 告訴你一個小祕密，如果在拉麵店一直等不到人來幫你點餐，應該是自己要去門口的自動販票機，先買好餐券再交給店員。

3.對面剛剛搬來的新鄰居來家裡拜碼頭……

「人來就好了，還帶東西來，真是すみません。」

（すみません＝不好意思）

全日文進階註解

1. ホテルのビュッフェの朝(あさ)ごはんで、牛乳(ぎゅうにゅう)、オレンジジュース、味噌汁(みそしる)とコーヒーを飲(の)みました…

「**すみません**、トイレはどこですか？」

2. 超人気(ちょうにんき)ラーメン店(てん)で、ずっと誰(だれ)も注文(ちゅうもん)を聞(き)きにきてくれません…

「**すみません**、注文(ちゅうもん)をお願(ねが)いします。」

3. 隣(となり)に引越(ひっこ)してきたばかりの人(ひと)が家(いえ)にあいさつにきました…

「わざわざおみやげまで、本当(ほんとう)に**すみません**ね。」

●補充：

洗手間—トイレ(to i le)。

點餐—注文(ちゅうもん)(chuu mon)。

奇怪的日本人，奇妙的日本語
すみません

道地的唸法

すみません＝すいません（su i ma sen），其實日本人口語常會說成すいません，把み的音發成い（mi➔i）。

日語的羅馬拼音通常是給初學和電腦打字者用的。標示的方法，基本上是兩個字母（子音加母音），或是一個母音字母。

但是為了發音時容易辨識，ん(n)和う(u)會跟前面的音節合併。

例：せん（se n ➔ sen）

例：おはよう（o ha yo u ➔o ha you）

道歉的等級

	日語	讀法	中文
A	すみません	su mi ma sen	不好意思
B	ごめんなさい	go men na sa i	對不起
C	申（もう）し訳（わけ）ありません	mou shi wa ke a ri ma sen	非常對不起
D	申（もう）し訳（わけ）ございません	mou shi wa ke go za i ma sen	非常非常非常對不起

雖然（A）すみません有「對不起」的意思，但是僅止於不小心碰到或小小的錯。真正的道歉是（B）ごめんなさい。像我老公，星期天打高爾夫球太晚回來，就不是ごめんなさい可以了事的，最少要來一句（C）申（もう）し訳（わけ）ありません，否則我不會輕易原諒他。

若是職場上不小心忘記準備開會的資料，肯定是要說（D）申し訳ございません，而且要一直講，連講三到五次，不論客戶如何反應，一直講就對了，通通都是自己的錯！這是小上班族在日本職場上求生存的第一招。

すみません ➡ ごめんなさい ➡ 申し訳ありません ➡ 申し訳ございません

如何有效地尋求幫助，是到陌生國家旅遊時能充分盡興的首要條件。我到法國只靠一句話，再加上比手畫腳，就闖遍巴黎和普羅旺斯，而我所使用的祕招就是超好用的excusez-moi（＝すみません）。試想，如果直接抓一個人就問：「廁所在哪？」或「給我茶！」不僅令人不舒服、顯得很粗魯，對方也不會給你好臉色看，旅遊的興致更被破壞了。因此，這也是先道歉的好處。

在此順便介紹一個「道歉搭訕法」。如果在路上碰到命中注定或一見鍾情的對象，那就鼓起勇氣，走上前去，拿出「自己」口袋裡的手帕，說道：「すみません，小姐妳手帕剛剛是不是掉了，這是妳的吧？」保證可因此搭起友誼的橋梁喔！

連連看

1.小朋友跑來跑去，不小心撞倒對方時，會這麼說——

2.在麵攤吃麵時，想要拿隔壁桌的辣椒，你會這麼說——

3.道路施工時，你看見告示牌上會這麼寫——

4.去故宮參觀，不小心打破了翠玉白菜，你應該要說——

A すみません

B ごめんなさい

C 申(もう)し訳(わけ)ありません

D 申(もう)し訳(わけ)ございません

5.弟弟搶哥哥的新玩具，被媽媽要求道歉，弟弟應該要說——

6.電話收訊不好，請朋友再說一次，這時你會這麼說——

7.寫e-mail告訴客戶自己沒有辦法出席會議時，你應該要說——

8.人氣餐廳客滿，沒位置了，這時店員會對顧客這麼說——

解答：1.→B、2.→A、3.→C、4.→D、5.→B、6.→A、7.→D、8.→C

學習小叮嚀

每一篇最首先的目標，只要把「關鍵字」（像是すみません）的用法把握住就好了。本書獨創的「雙語例句」能有效幫助你掌握關鍵字在句子裡的表現，充分理解可以運用到的場合，有舉一反十的效果。若一直只死背單字，就像在原地打轉，沒有學習效率。

「全日文進階註解」的部分是提供讀者進一步參考用的，行有餘力，熟悉了關鍵字之後，再試著慢慢唸唸看。不用急，有層次、循序漸進地學習，才不會招來無謂的挫折感。學習最重要的就是要有自信喔！

內文中標示出「　」的地方，可以參照本書的「活用日語正音CD」，練習聽與說的能力。

すみません

すみません
對不起／不好意思

90°L
這是道歉時的
鞠躬角度！
大丈夫！
申し訳ござ
いません！

180°—
這是瑜伽！
哪尼!?
妳來亂的喔！

回歸正題，「すみません」
就等同台灣說的「不好意思」
，「すみません」可以用在很
多地方~例如問路時、點菜時
，都是非常常用的！
就像英文的
Excuse me～
問路時
すみません！
涉谷怎麼去？
點菜時
すみません！

另外，日本人做錯事非常自責的
時候，會以理光頭來表達內心的
愧疚之意喔！
就像漫畫裡的
櫻木花道！
原來
如此~
10
那香菇就分享到
這邊囉！
咦？你怎麼
會說話呀！
妳也太後知
後覺了吧！

求婚告白的鐵則

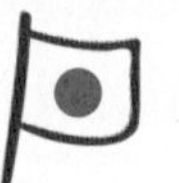

不管是點咖啡、買衣服找size，
就連追女朋友告白時，
最後也是要再加上一句「お願いします」，
才能充分表現誠意，打動對方的芳心。

お願いします

告白求婚都要「拜託」

日語中有一句王道用語——拜託、拜託（お願（ねが）いします o nega i shi ma su）——幾乎在任何場合都可以用！

不管是點咖啡、買衣服找size，就連追女朋友告白時，最後也是要再加上這一句，才能充分表現誠意，打動對方的芳心。喜歡看日劇的朋友一定常聽到下面這句話：

付（つ）き合（あ）ってください、お願（ねが）いします。（請和我交往，拜託你了。）
tsu ki a tte ku da sa i o nega i shi ma su

聽起來好八股，但是回想當年，真的被不少日本小伙子純真告白過呢！雖然我每次都暗自偷笑，但日本人是真的這樣說，不是只在日劇裡演演而已！更有意思的是，高校生遇到這種情形，還要鞠躬敬禮一下，那種害羞靦腆的樣子，真是青春洋溢啊！而若是兩情相悅時，被告白的女生會回答：はい（ha i）（好的）。

我自己從來沒有當面答應並說過はい，總是很技巧地避重就輕不要傷到對方，常用的藉口就是：我們還是當友達（ともだち tomo dachi）（朋友）比較好，這樣就不會有分手的一天，可以一輩子都當「換帖」！

やっぱり、友達（ともだち）の方（ほう）がいい。だって、ずっと別（わか）れることがなくて、一生（いっしょう）仲良（なかよ）し！
ya ppa ri tomo dachi no hou ga i i da tte tsu tto waka re ru ko to ga na ku te i sshou naka yo shi

對方大多很「感動」地被我的道理說服了，沒有出現尷尬的場面，因此朋友都笑我是賊賊的狠角色。但是有一天，我碰到對手了，有個傢伙竟然頂嘴回答我說：那我們結婚不就可以一輩子在一起了嗎？

結婚（けっこん）すれば、ずっと一緒（いっしょ）にいられるだろう？
ke kkon su re ba zu tto i ssho ni i ra re ru da rou

聽起來也滿有道理的，結果我們就這樣發展下去，而現在他就是我先生了。

撒嬌裝可愛

說到日本小姐撒嬌裝可愛的功夫，可真是一流的，完全領悟到「以柔克剛」的精髓，道行高的人，靠著一句「お願（ねが）いします」，就能隨心所欲，為所欲為。其實裝可愛的技巧很簡單，只要善用王道句，把尾音唸長一點就OK了。

把お願（ねが）いします後面三個字省略掉，只說「お願（ねが）い」，語尾拉長大概三拍——拜託、拜託嘛～～～

お願（ねが）い~~します~~ → お願（ねが）い～～～

其實這樣的用法小朋友最會了，我家中的三歲弟弟要吃嗨啾(HI-CHEW)時，一定會用誠懇的眼睛看著我，充滿感性地說：「媽媽，お願（ねが）い～」，每次我都招架不住，只有點頭的分，乖乖地從包包裡拿嗨啾出來。

建議年輕美眉或太太們，向男朋友、先生提出合理（或無理）的要求後，記得加上一句「お願（ねが）い～」，包準妳心想事成，有求必應。

ねが
お願いします
o nega i shi ma su

麻煩你/拜託你

會用到的場合

這句話你一定聽過！因為隨時隨地都有人講，相信你一定毫不陌生了，而且用法非常簡單，幾乎可以加在任何一句話後面。就像餐桌上的胡椒粉，雖然不是一定要加在餐點裡，但是加一點，就會增添美味和香氣。我很喜歡胡椒，幾乎是湯端上來，就伸手拿胡椒罐了。若桌上沒有，我一定會馬上說：「すみません、胡椒(こしょう)をお願(ねが)いします。」

su mi ma sen ko syou wo

活生生雙語例句 獨

1.吃完懷石套餐後，咖啡一直都沒送來⋯⋯

「咖啡可以送了，お願(ねが)いします。」（お願(ねが)いします＝麻煩你了）

2.在UNIQLO想搶購保暖衣，發現只剩XL號的尺寸⋯⋯

「請幫我找一件M號的，お願(ねが)いします。」

（お願(ねが)いします＝麻煩你了）

全日文進階註解

1. 懐石料理を食べ終わって、しばらくコーヒーを持ってきてくれない時…

「コーヒーをいただけますか？**お願いします**。」

2. ユニクロでヒートテックを買いたいけれど、XLしかない時…

「Mサイズを探してくれますか？**お願いします**。」

●補充：

咖啡—コーヒー（ko - hi -）。

M號—Mサイズ（emu sai zu）。

羅馬拼音中的「-」，讀法是把前面的音節拉長，變成兩拍。

道地的唸法

把第一章學過的すみません和お願いします兩句話加在一起，就變身為超級無敵常用的句型，聽起來非常道地和得體：

すみません + ［　　　］ + **お願いします**

（不好意思 + ［　　　］ + 麻煩你了）

前有すみません打先鋒，後有お願いします簇擁而上，不管做什麼都可以大勝而回，萬歲萬歲萬萬歲！這句型非記不可，中間空格裡透過「雙語例句法」，就隨各位想怎樣就怎樣囉！

先來幾句示範：

すみません，薯條的番茄醬十包，**お願いします**。

すみません，請給我一張包中的樂透，**お願いします**。

補充説明：文法上正式的説法是：すみませんが、（　　　）をお願（ねが）いします。

拜託的等級

お願（ねが）いします也和すみません一樣，是有分等級的，看你拜託的是什麼事，就要有適當的說法。

	日語	中文	情境
A	お願（ねが）い o nega i	拜託	✔ 小朋友想要吃嗨啾。 ✔ 颱風天突然想吃淡水魚丸，想叫男朋友出去買回來。
B	お願（ねが）いします o nega i shi ma su	非常拜託	✔ 最普遍中庸的說法，有時候並不是真的拜託，只是稍微麻煩一下。
C	宜（よろ）しくお願（ねが）いします yoro shi ku o nega i shi ma su	非常 非常拜託	✔ 正式的標準說法，適合各種場合。若分不清要說哪一個等級，就講這句吧！
D	宜（よろ）しくお願（ねが）い申（もう）し上（あ）げます yoro shi ku o nega i mou shi a ge ma su	非常非常非常 拜託	✔ 選舉前，議員要拜票時。 ✔ 想談成一百億的生意。 ✔ 求老師不要當我。

ねが
お願いします

お願いします
麻煩你／拜託你

日文中有一句王道用語「お願いします」，幾乎在任何場合都可以用！連告白時，最後也是要再加上這一句，才能充分表現誠意，打動對方芳心。

お願いします！請妳跟我交往～

我願意！

A先生與B小姐出去散步…

緊張

那…那個!!
有件事情想告訴妳！

今天一定要向她告白成功！

抖

!!
是的！

那個…其實我一直都很注意妳！
所以…所以…
A先生…

所以!!
請妳跟我交往！
お願いします!!

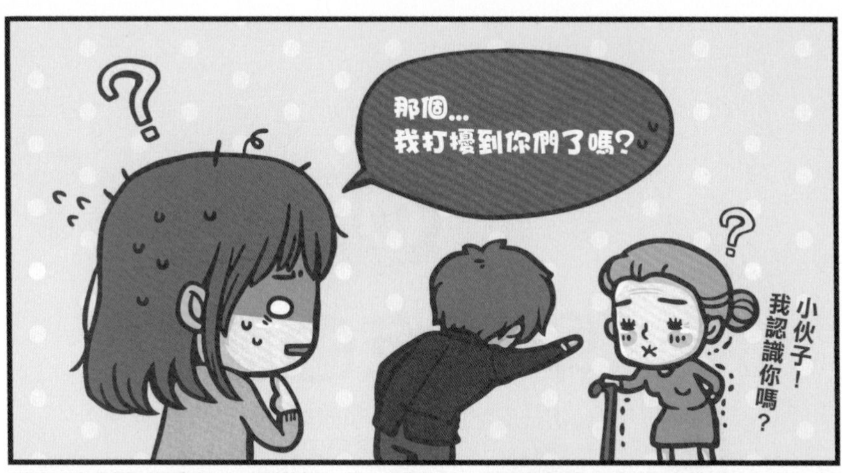

那個...
我打擾到你們了嗎？
小伙子！我認識你嗎？

也可唸成「お願い」，再將尾音拉長，就會使語氣更可愛喔！

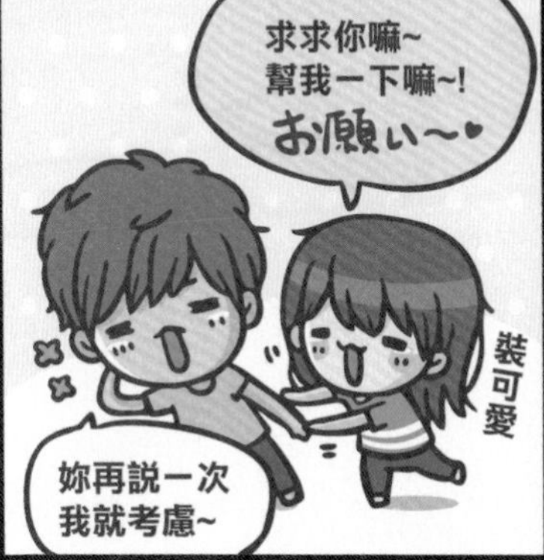

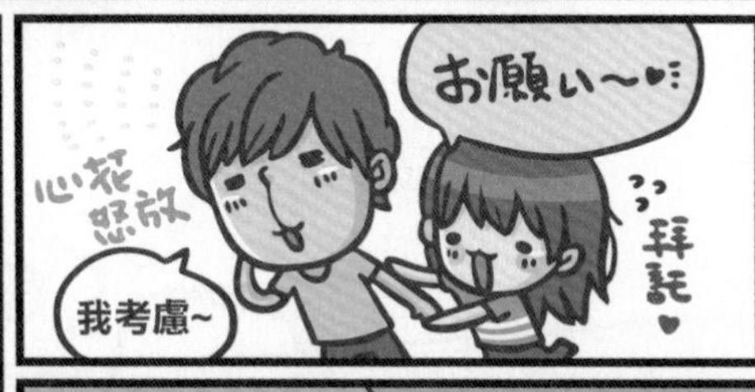

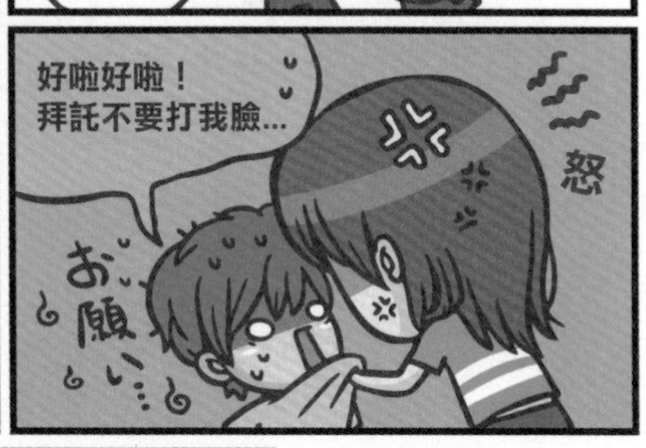

如果是Dodo的話...

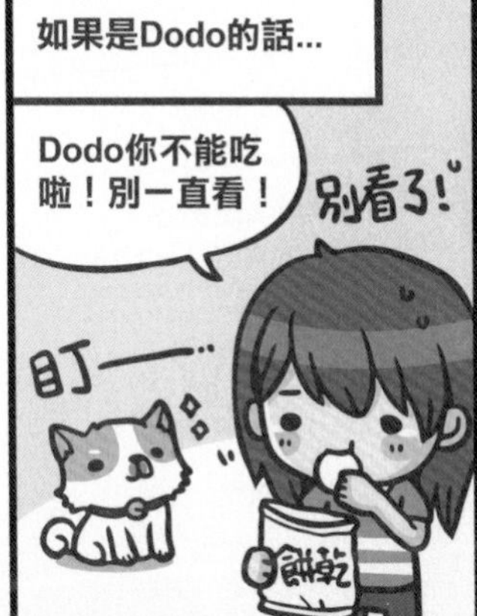

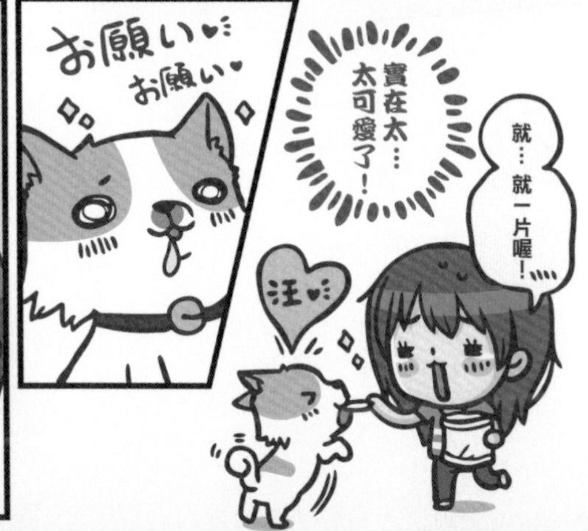

03 早餐吃白飯？

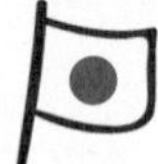

日本什麼吃的都有，就是幾乎沒有早餐店，
所以日本太太都要早早起床煮早飯，
而且大多都是吃「飯」── 是白飯，不是稀飯喔！

日本人早餐吃什麼？

常常有人問我，日本人早餐都吃些什麼？

說到這裡，我要先岔開話題，歌頌一下台灣到處都有的早餐店，從美X美、永X豆漿，到巷口的飯糰、轉角的炒麵、菜頭粿……真是方便又美味！

而日本呢？什麼吃的都有，就是幾乎沒有早餐店，所以日本太太都要早早起床煮早飯，而且大多都是吃「飯」——是白飯，不是稀飯喔！記得有一次我跟日本同事說我早餐吃了稀飯，她還很擔心地問我是不是身體不舒服、吃壞肚子，讓我非常錯愕。後來才知道，日本人通常只有在生病的時候才會吃稀飯，也難怪我頭一次帶我先生去台北市復興南路吃清粥小菜時，他會一臉疑惑不解，直問：「為什麼會有專門賣粥的店？這是在醫院附近嗎？」

回想我第一次到夫家過夜，早上起床下樓，便看見桌上擺了一人一份的早餐（套餐）：

味噌汁（みそしる）、ごはん、焼（や）き魚（ざかな）、卵焼（たまごや）き、野菜（やさい）サラダ、納豆（なっとう）、漬（つ）け物（もの）、のり、夕張（ゆうばり）メロン、お茶（ちゃ）（*請先從漢字猜猜看這些是什麼，答案見下文表格。）

我當時心想，早餐這麼豐富，婆婆真是把我當嘉賓款待呀！可、可、可是我向來都不在乎早餐，常常一片麵包、一杯咖啡就打發了，但總不好意思辜負人家一番好意，只好用愉悅的表情，有禮貌地把全部菜色——包

括納豆和一碗白飯都吃光光。沒想到第二天，我又受到了這般隆重款待，而且就這樣一直被熱情款待了好多年。

日本人非常重視早餐，認為早上沒有吃早餐，一天就沒有活力。我在日本中學教書時，早上最常聽到年輕有活力的日本老師問學生：「今天早餐吃什麼呀？」而不是問：「昨天出的作業寫完了嗎？」

據說，吃早餐能活化腦細胞、增強記憶力，會使人變聰明！最近早上我一邊吃白飯、一邊想，說不定這是日本人成為全世界最長壽民族的祕訣之一！

一般的日式早餐

日語	讀法	中文	解說
味噌汁（みそしる）	mi so shi ru	味噌湯	日語說「汁」不說「湯」，而果汁則是用外來語「ジュース」（juice）。
ごはん	go han	白飯	也常吃おにぎり（三角飯糰）。
焼き魚（やきざかな）	ya ki za ka na	烤魚	通常是鹽燒。
卵焼き（たまごやき）	ta ma go ya ki	煎蛋	味甜，壽司店常有。
野菜サラダ（やさいサラダ）	ya sa i sa ra da	生菜沙拉	或是吃白蘿蔔絲沙拉，淋上和風醬或芝麻醬都好吃。
納豆（なっとう）	na ttou	納豆	它的存在像台灣的肉鬆一樣重要。
漬け物（つけもの）	tsu ke mo no	醬菜	類似台灣的脆瓜，很多媽媽們會自己醃。
のり	no ri	海苔	配菜吃光時，可以包剩下的白飯吃。
夕張メロン（ゆうばりメロン）	yuu ba ri me ron	夕張產的哈密瓜	一般日本家庭不一定會吃水果，但是我家像台灣一樣每餐必備。
お茶（おちゃ）	o cha	茶	飯後最常喝「げんまいちゃ」（玄米茶）。

おはよう
o ha you

早安

會用到的場合

這句話你一定聽過！相信大家一定耳熟能詳。下次住日本飯店或旅館時，早上起來後，試試看大聲地喊出：「おはよう」，相信一定能讓一天充滿元氣，增加旅行的日本風味。就算是在台灣，早上搭電梯時碰到同事，不妨把「早安」換成「おはよう」，大家不只一定聽得懂，而且也能輕鬆一下，叫醒還在昏睡的腦袋。

另外一個重要的學習意義，是要能建立起開口說日語的習慣，提高對語言的熟悉度，加速學日語的效率。這個通則，不僅是針對學日語，更應該可以運用到學習各國語言上。一定要開口說，才能真正學會一種語言喔！

一天二十四小時都可以說早安？

日語中有一個通則，音節越長越有禮貌，因此完整的「早安」是おはようございます（o ha you go za i ma su），加上ございます就變得很有禮貌。

記得我在吉本興業（按：日本最大藝人經紀公司、節目製作公司）實

習的時候，經紀人便跟我說過，業界拍片不分早晚，打招呼一定說：おはようございます。

之後我到了廣告界，凌晨兩點進工作室剪輯影片時，雖然早已累到眼皮都黏在一起，還是露出清新的微笑，像早晨陽光一般地向工作人員說：おはようございます。

年輕人常常這樣說

我們前面說過，日語中有一個通則，音節越長越有禮貌，所以我們可以推論，おは（o ha）這句這麼短，是屬於年輕人在說的，非常隨興，尤其是國中生、高中生特別喜歡掛在嘴巴上。我自己也常常在寫email給老公時，若沒什麼特別的事情，就會在信件標題上寫おは，他看到時就知道我心情不錯，不是來罵人的。此外，美少女偶像團體也喜歡說おは，並且故意在發O的音時，把嘴巴嘟得圓圓的、眼睛張得大大的。

雖然おは可以裝可愛，但是對上司一定要用おはようございます，也不可以只說おはよう！遇見總經理、社長級的，更一定要說おはようございます，最標準的還要鞠躬九十度！你可以想像一下SOGO百貨的電梯小姐，但是屁股不用那麼翹！真的真的，在日本不需要翹成那樣。

活生生雙語例句 獨

1.上班遲到衝進電梯時，啥米！董事長竟然在裡頭……

「おはようございます，董事長。」（おはようございます＝早安）

2.看到門口櫃檯那總是清純可人的總機美眉……

「おはよう，小百合，妳今天的裙子也好可愛喔！」

（おはよう＝早安）

全日文進階註解

1. 朝の出勤、遅刻しそうでダッシュでエレベーターに飛び込んだ時、社長がばったりやってきて、やばいと思いました…

「**おはようございます**。社長。」

2. 入り口に、いつも清楚でかわいらしい受付のお嬢さんをみて…

「**おはよう**、百合ちゃん。今日のスカートもかわいいよ。」

●補充：

裙子—スカート。(su ka – to)

可愛—かわいい。(ka wa i i)

早安的等級

	日語	讀法	對象
A	おは	o ha	很熟，常一起混的同事。
B	おはよう	o ha you	有點熟的同事。
C	おはようございます	o ha you go za i ma su	不熟的同事、課長。
D	おはようございます（+鞠躬）	o ha you go za i ma su（+鞠躬）	總經理、董事長。

おはよう

おはよう
早安

日本人非常重視早餐，認為早上沒有吃早餐，一天就沒有活力。

香菇我看到書裡提到日本幾乎沒有早餐店的時候，非常驚訝！

什麼！
連在台灣常見的美X美、永X豆漿都沒有!?
這些通通都沒有～
美X美
永X豆漿
吉X堡

妳有差嗎？
妳也只有學生時代才吃早餐...

ラーメン
糟糕！快遲到了～
難怪常常看到動畫中主角如果上學遲到，都會邊吃早餐邊趕去學校～
為什麼是吃著拉麵啊!?
不要亂畫啦！

日本人不是很喜歡吃拉麵嗎？
呃...

總之，吃早餐能活化腦細胞，增強記憶力，會使人變聰明。

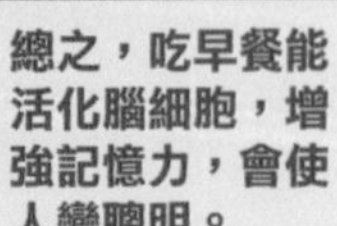

日語中有一個通則，音節越長越有禮貌，因此完整的「早安」是おはようございます，加上ございます就變得很有禮貌。

おはよう的音節長短跟禮貌有關係，所以唸法跟使用的對象也有關係喔！

おは
おはよう
おはようございます

好朋友之間就用
おは！

在職場上，おはよう的使用對象是有點熟的同事之間。

おはよう！
早哇！

おはようございます的使用對象是不熟的同事、課長，如果遇到總經理、董事長，切記還要加上鞠躬喔！

おはよう
ございます！
早！

日劇或漫畫中，主角進到教室或辦公室都會大聲道早安！

おはよう！
早！
香菇早！
早！

如果在台灣…

大家早！

……
早！
點頭

似乎會有點彆扭…

送往迎來的禮節

日劇《家政婦の三田》裡有一句爆紅的台詞：
旦那様、お帰りなさいませ。
這就是標準日本人的送迎詞。

排排站打招呼

日本人從小就很重視禮貌，中小學經常都會舉辦あいさつ(a i sa tsu)運動——打招呼宣導期。活動期間的每天早上，每個班級會輪流在校門口排排站，打招呼喊「おはよう(o ha you)」迎接同學；放學時更是陣仗盛大，所有的老師（包括校長）都會出來送別同學，說：「さようなら(sa you na ra)。」天天都好像是畢業典禮一樣。

一般在家裡，早晚送迎的工夫，可也是少不了的。日劇裡經常上演太太穿著圍裙，跪在玄關，拿著拖鞋的情節，最具代表性的就是松嶋菜々子主演的《家政婦(かせいふ)の三田(みた)》（家政婦女王），裡頭有一句台詞：「旦那様(だんなさま)(dan na sama)、お帰(かえ)りなさいませ(o kae ri na sa i ma se)。」（老爺，您回來了。）因此爆紅，其實正是標準日本人的送迎詞。

排鞋子才有禮貌

記得我第一次去北海道公婆家時，門一拉開，就看到未來的婆婆跪在玄關說：「いらっしゃいませ(i ra ssya i ma se)。」（歡迎光臨）我嚇了一跳，不知道要怎麼辦，心想：這是什麼情形？要不要跟著跪啊？……這時一旁未來的老公跟我說：「天氣很冷，進去吧！」於是他大搖大擺地走進客廳，我就像小鴨子一樣尾隨在後，心想：哇！我從來沒看他這麼囂張過。再回頭一看，那跪在玄關的婆婆，正在排好我們脫下來後亂七八糟擺放的鞋子。

原來，進門時把脫下來的鞋子鞋頭朝外擺好，是一件基本的規矩和教養，但公公和婆婆一直都沒有跟我提過這件事。直到結婚幾年後，小兒子三歲時，看到他去爺爺、奶奶家裡，都會自己把鞋子轉方向擺整齊，當時真的是好感動，他都還包著尿布，怎麼就懂得擺好鞋子？後來才了解，這是日本人的習慣和基本的教養。

除了禮節之外，還有一個必須擺好鞋子的原因是，日本人家裡的空間很小，客人來訪通常都只待在玄關，所以必須保持玄關門面的整齊，除非是特意邀請，否則很少像在台灣會問：「要不要進來坐一下，喝杯茶？」

後來我也習慣了擺鞋的規矩。有客人來訪，脫了鞋子後，我會幫她把鞋頭朝外排好，方便她等一下離開時穿，不然有時候手上拿了一堆東西（通常有おみやげ（o mi ya ge），伴手禮），還要抱著寶寶，實在是沒有辦法再蹲下去或是扭來扭去、轉來轉去地用腳去鉤鞋調整方向。

一般家裡如此，在日本餐廳當然也是一樣。下次去日本時注意看看，有很多地方要脫鞋，尤其是用餐的地方，但不論你鞋子怎麼亂脫、亂放，等一下你吃飽飯要回家時，鞋頭一定已經整齊地朝外擺好了，屆時就算喝醉了也不用怕，腳一下子就可以套進去了，這也可以說是日本人非常貼心的地方，展現高度的服務精神。

こんにちは

kon ni chi wa

你好

會用到的場合

這句話你一定聽過！こんにちは（kon ni chi wa）相當於中文的「你好」，但對象和用途卻不如中文的「你好」那樣廣泛，基本上是使用於不熟的朋友或陌生人，親切指數不高。

最常讓我講這句話的對象，通常是我家大樓的住戶，不然就是在學校走廊上碰到的學生，大家都會互相說「こんにちは」。另一個場合是在商店或餐廳裡，當店員向我說「いらっしゃいませ」（歡迎光臨）時，我會點頭說「こんにちは」。

換作在職場上，一般反而很少用こんにちは。早上同事見面時說的是：おはようございます（o ha you go za i ma su）（早安），中午過後便改說：お疲（つか）れ様（さま）です（o tsuka re sama de su）（辛苦了），若只說こんにちは，聽起來會有點冷漠，好像對方很混，沒怎麼在工作。

至於私底下比較親近的朋友，見面時會說：「元気（げんき）（gen ki）？」記得中山美穗小姐在電影《Love Letter》（情書）裡向對面的山高喊「お-元（げん）-気（き）-で-す-か-？（o gen ki de su ka）」那一幕嗎？意思都一樣是：你好嗎？你過得都好嗎？

但請注意，千萬不要依中文字面意思直接翻譯成：「你有元氣嗎？」這樣聽起來會變成是保X達B或是蠻X的廣告詞。

1.搭飛機前，小英一邊把護照交給海關人員，一邊說：「こんにちは。」（こんにちは＝你好）

2.阿雄帶小美去銀座血拼，小美直奔LV旗艦店，阿雄有著日本武士切腹前的覺悟和決心，故作鎮定地對親切的店員打招呼說：「こんにちは。」（こんにちは＝你好）

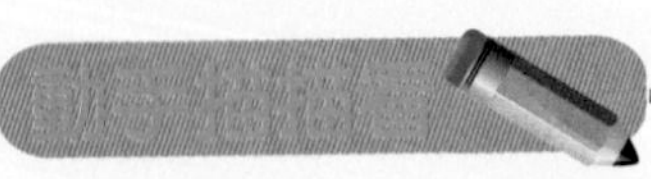

1. 飛行機に乗る前に、英さんがパスポートをイミグレーション係りに渡しながら、「**こんにちは**」と言いました。

2. 雄君とみみちゃんが銀座へショッピングに行って、みみちゃんはLVのフラッグショップへ飛び込みました。雄君はお侍さんが切腹する前の覚悟をするように落ち着いたふりをして、親切な店員さんに「**こんにちは**」とあいさつしました。

こんにちは

看圖連連看

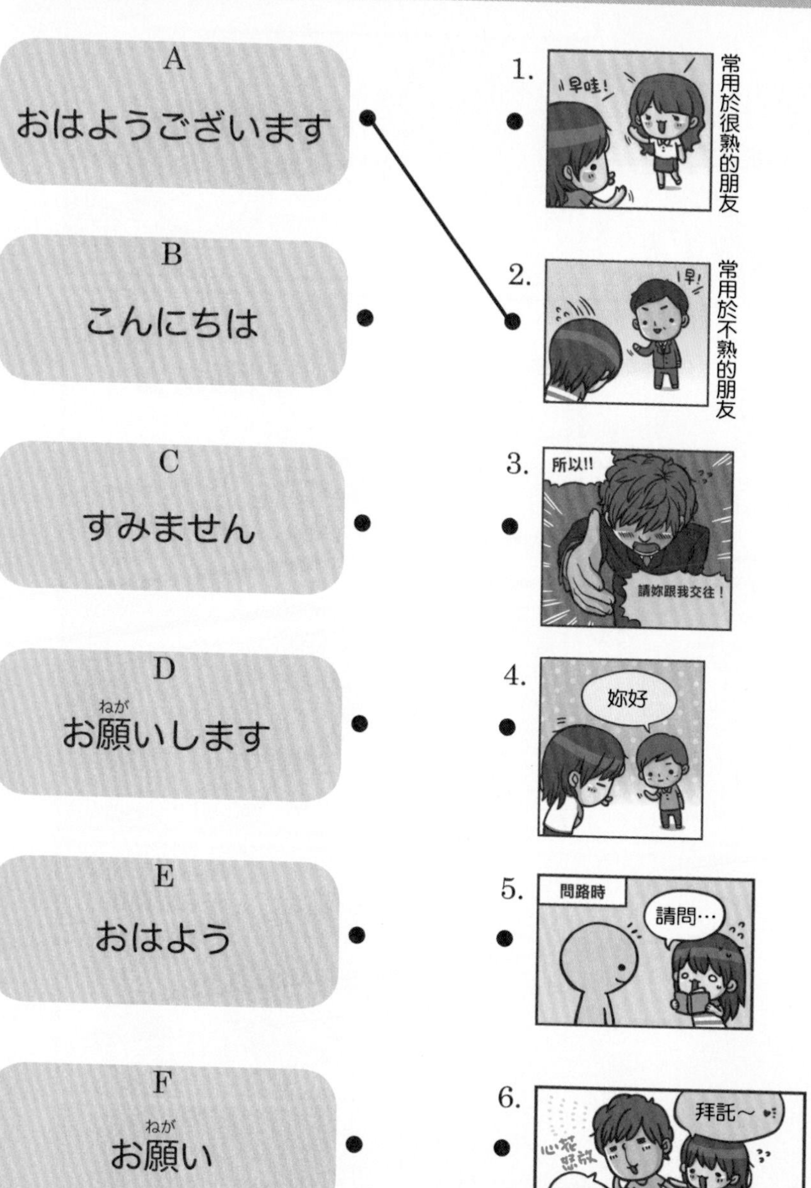
A
おはようございます
B
こんにちは
C
すみません
D
ねが
お願いします
E
おはよう
F
ねが
お願い
1.
早哇！
常用於很熟的朋友
2.
早！
常用於不熟的朋友
3.
所以!!
請妳跟我交往！
4.
妳好
5.
問路時
請問…
6.
拜託～
心花怒放
我考慮～

解答：A→2、B→4、C→5、D→3、E→1、F→6.

こんにちは 你好

こんにちは相當於中文的「你好」，但用途不如中文「你好」廣泛，基本上是使用於不熟的朋友或不太認識的陌生人，親切指數不高。

某天下午
打哈欠~
去買東西吃！
結果好死不死轉角
遇到主管！
嘖！

こんにちは

嘿嘿！去買東西來解饞吧！
....

嗯？

欸!?
這是?
混

在職場，こんにちは如果使用在同事或主管的話，會被感覺是説對方很混沒有在做事情的喔！
怎麼辦?

早上要説おはようございます，到中午過後就該説お疲れ様です！
お疲れ様です!
同事

如果比較熟的朋友的話是用「元気？」
元気?

在日本真的要注意一下措辭耶...
妳應該很快就在職場黑掉了！
怒

05

睡前的說故事時間

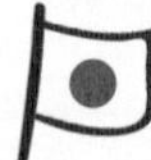

日本人在教育孩子的過程中，從零歲開始，
便很重視說故事給小朋友聽，這叫作読み聞かせ。
不僅啟迪智力、培養學習興趣，在家裡、在學校，
還可以增加親子或老師與學生之間的互動。

千變萬化的繪本世界

在日本，媽媽們之間的關係，叫做ママ友（とも，ma ma tomo），ママ友（とも）之間很流行互送繪本，像是小朋友生日時或是被邀請去人家家裡時，都會選一本適合小朋友年齡讀的繪本。我家有一半以上的故事書，都是ママ友（とも）送給我的。以前我收到時，都覺得這些書太精美漂亮了，小心翼翼地翻完後，便束之高閣，當成裝飾品，但是我先生卻認為，書就是要拿來看的，要放在小朋友隨時可以拿到的地方，想看的時候就看得到。唯一要注意的是，不要讓弟弟把書頁撕下來，放進嘴巴裡吃掉就好了。

其實在自己有孩子之前，我就很喜歡逛書店，特別是看絵本（えほん，e hon）（兒童繪本）。以前是當創意作品翻閱，現在則成為每天睡覺前例行的晚課。我們全家最喜歡的是「綠色豆豆」系列，登場人物有毛豆、豌豆兄弟、皇帝豆和一顆花生。故事很簡單，描述一群住在草原和森林的豆子，每一顆都非常「口愛」，有的還有一點壞心眼。日本繪本厲害的地方，就是不只小朋友，連大人讀起來都能會心一笑，覺得很有意思，故事內容並不是教忠教孝，精忠報國，而是一些很純真的人性小故事。我家弟弟最常拿一本叫「便便（うんこ，un ko）」的書，叫我唸給他聽。這個年齡的孩子，光看到封面就咯咯笑個不停，這本書講的是一團便便去找朋友的故事，在日本非常暢銷，連身為大人的我也看得很開心，你一定也能想像，封面就是一團便便。日本繪本琳瑯滿目，故事的內容很多樣化，我小時候耳熟能詳的《白雪公主》、

《阿里巴巴》，現在早已不是主流。大多數繪本故事都是溫馨簡單、圖畫精美的現代原創作品，之所以名為絵本（えほん），可見不僅是只有文字，插圖更是小朋友們的目光焦點，令人愛不釋手，每個小細節都畫得很仔細，我家兩個兒子常常都能指出圖畫裡面我沒有看到的小地方，每次都有不同的新發現，相當耐人尋味。

培養「悅讀」的好習慣

日本人在教育孩子的過程中，從零歲開始，便很重視說故事給小朋友聽，這叫作読み聞かせ（よみきかせ，yo mi ki ka se），可以增加親子之間的互動。不只在家裡，在托兒所或是幼稚園，老師每天也都會唸故事書給小朋友聽，而在小學的早自習時，也會有愛心媽媽或輔導老師唸故事給全班聽，甚至在日本小學的教學參觀日時，校方也會安排說故事時間。很多教育學者認為，唸故事書給小朋友聽，除了養成他對書本的興趣外，還可以發揮想像力、培養聽的能力。善於傾聽的小朋友，口才也會跟著好——聞き上手は、話し上手！（きじょうずは、はなしじょうず，ki ki jou zu wa hana shi jou zu）勇於表達自己的意見固然重要，但是專注地聽老師，或是其他小朋友的發表，這更是重要。

我問過很多日本媽媽，為什麼睡前要唸書給小朋友聽？結果大家也說不出個所以然，理所當然地只因為小朋友喜歡，唸了就會很快睡著，而且自己小時候也都是聽媽媽唸故事長大的。我婆婆就跟我說過，五十幾年前甚至於更早之前便是如此，読み聞かせ（よみきかせ）和教數數字123是同等重要的。在我先生那個年代最流行的繪本人物是古拉和古力，牠們是一對分別戴著紅色和藍色帽子的雙胞胎小老鼠，有一天撿到一顆超級大的蛋，做了一個超級大的長崎蛋糕！這故事到現在日本仍是家喻戶曉的。

婆婆以前是大學家政系的老師，她還分析給我聽，日本從以前就想藉著繪本故事，傳達中心道德思想，教導小朋友個性要やさしい（ya sa shi i），溫和善良、處處為別人著想。因此從各個國家不同的繪本，隱約能展現出那個民族最核心的價值觀。還有一個意義是心智的成長，繪本能幫助情緒的發展和分化！因為小嬰兒剛出生時只有單純的兩種情緒：高興和不高興。隨著年齡成長，他們會漸漸有喜怒哀樂等情緒，甚至對周遭的事物，能感受到更複雜的情感。繪本裡千變萬化的奇幻世界，便能幫助小朋友們的情感更豐富，對事物的觀察更仔細，同時學習用更多的語彙去表達自己的感覺和想法。

大家一定都同意，日本設計的東西都很貼心精細，是一個具有高度美感的國家。我常想，日本這麼多既實用又漂亮的東西，到底是怎麼想出來的？這些創意研發者的老師和媽媽，以前到底是怎樣教他們的？竟讓他們能夠在料理、時尚、街道、建築、文學，甚至於電器用品等各個層面都展現了高度細膩的美感。我在唸書給小朋友聽，読（よ）み聞（き）かせ的同時，似乎也漸漸找到一絲線索——也許美學的素養可以歸功於從小大量「悅讀」繪本的習慣，人性化的設計思考也許是來自於繪本的中心價值觀：能夠表達纖細豐富的感受、體會別人的心情，等小朋友長大設計東西時，自然會用同理心，從使用者的角度想，來滿足使用者的需求。

繪本的普及流行，也給了不少有天分的繪畫創作者更多的機會和出路，讓這些人才可以衣食無虞，專心致力於創作，不斷推出好作品問世，培育下一代更寬廣無限的想像空間。

藝術入門的訓練，也許根本不需要從世界名畫開始。也許台灣的小朋友不需要每天才藝課排得滿滿，需要的是爸爸、媽媽花短短的十分鐘唸唸故事書，讓小腦袋能從樸實的原點開始思考。

天天會用的28句

おやすみ/こんばんは

o ya su mi　kon ban wa

晚安

會用到的場合

這兩句話你一定聽過！おやすみ(o ya su mi)和こんばんは(kon ban wa)，都是指「晚安」。

一樣是晚安，日語有兩種講法：こんばんは是用在傍晚太陽下山以後，人還在活動的時候；おやすみ是用於睡覺之前，多半是穿好睡衣要去床上躺著了。所以若是晚上和網友聊天聊到想要睡覺了，可以說おやすみ互道晚安，這就像是在英語中的「Good evening」和「Good night」的分別。

日語	讀法	中文	英文
おはよう	o ha you	早安	Good morning
こんにちは	kon ni chi wa	你好	Good afternoon
こんばんは	kon ban wa	晚安/你好	Good evening
おやすみ	o ya su mi	晚安	Good night

*比おやすみ更有禮貌的講法是：おやすみなさい(o ya su mi na sai)。

1.小華約心儀已久的莉香下班後去迪士尼樂園，遠遠地看她頭戴著米妮的髮箍走過來，便說道：「こんばんは。妳今天好可愛。」
（こんばんは＝晚上的「你好」）

2.兩人最後看完夜空煙火秀後，小華送莉香回到住處，雖然很想進去坐坐喝杯咖啡，但小華還是很紳士地說：「我今天玩得很開心。おやすみ。」（おやすみ＝睡覺前道別的「晚安」）

1. 華君は片思いのりかちゃんと一緒に、仕事が終わったら、ディズニーランドへ行くことにしました。りかはミニーちゃんの頭 飾りをつけて歩いてきた時、「**こんばんは。**今日もかわいいね。」といわれました。
2. 二人は最後に花火を見終って、りかちゃんの家まで送りました。ちょっとあがってコーヒーでも飲みたかったけれど、華君はとてもジェントルマンで、「今日僕は、とても楽しかったよ。**おやすみ。**」と言いました。

動手描描看

おやすみ/こんばんは

一樣是晚安，日語有兩種講法：
こんばんは用於晚上打招呼的時候；
おやすみ是睡前晚安用語。

晚上打招呼的時候：

こんばんは = Good evening

睡前晚安用語：

おやすみ = Good night

晚上出門約會時
こんばんは
等很久了嗎？
電影票
こんばんは
我們去看晚場
的貞子吧！
電影院
嗚呃呃呃…
おおおぉ…
嚇！
好可怕喔！

看完後…
Bye!
掰掰囉！
回到家
傳個簡訊給
他好了！
今天很…
嗶！

廖大牌
香菇:今天玩得很開心喔！
下次再一起去吃飯！
おやすみ(ˆ_ˆ)
OK！應該沒有錯字吧...好！就這樣！傳送！
傳送
呼！好累~躺在溫暖的床上真幸福！今天看的電影...

熊熊想起是...3D貞子!!
おおぉぉ...
幻想中..

別多想...快來睡覺吧！

!!

嗚嘎嘎嘎!!
出...出現了!!
おおぉぉ...

開燈後！：

原來是衣服啊...
自己嚇自己...

我們分手吧

對大多數的日本人來說，
分手後還能不能當朋友呢？
其實，分手就是一刀兩斷，
連面都不想見了，又怎麼當朋友？

さようなら

不要隨便說「さようなら」

使用「さようなら（sa you na ra）」最經典的場面，莫過於男女朋友分手的時候，隱含有「永別吧！這輩子再也見不到你」的決心。所以如果你的交往對象是日本人，千萬不要隨便說さようなら，否則會被誤會成你想要提分手只是不敢明講，恐怕說完以後，明天電話、簡訊就通通不會來了。

瀟灑的分手

我年輕的時候瀟灑得不得了，還滿喜歡說さようなら，自認為愛而生，絕不妥協，感覺沒了就理性地跟人家分手。分手之後過了一陣子，突然想起時，還會悵然一下，回想過去的美好時光，雖然不至於傷心欲絕，但也無法就此遺忘。逢年過節，有時候想問候一下這些生命中的過客，但是有一兩個就是打死也不想跟我聯絡（希望我老公的中文應該沒有好到可以看得懂這一段文字）。

對大多數的日本人來說，分手後還能不能當朋友呢？男女之間會不會有純友誼呢？自認為是標準男人的老公說，分手就是一刀兩斷，從此沒有瓜葛，連面都不想見了，怎麼當朋友？那也倒是，我和他分分合合過幾次，每次提出分手的都是我，雖然當場他不情願，百般想挽回，但是說完さようなら的隔天起，他真的完完全全不再和我聯絡，非常乾脆，毫不拖

泥帶水，頗有男子氣概。害我常不自覺地懷疑，他該不會是早就很想要さようなら，只是不好意思說而已？

專業的分手

但並不是每個日本男女，都可以像他這麼乾脆灑脫地分手的。最近有一種行業叫別(わか)れさせ屋(や)（wakaresaseya）（分手代理店），提供的服務就是幫忙委託人順利漂亮地跟情人分手。方法並不是心理諮商、調停排解，而是計畫用某種手段達到目的。譬如A小姐想和男朋友分手，便可以委託分手代理店，解決的方式之一就是安排一位正妹，想盡辦法讓男朋友愛上她，男朋友就不會再對A小姐死纏爛打！最低報酬是五十萬日幣起跳，依解決天數長短再加價。像這樣的分手代理店最近越來越多，有的還標明是政府立案的，真不愧是日本人，辦事專業一流！

淒美的分手

2010年有一部以さようなら為名的電影，在日本大受歡迎——《さようならいつか》（sayounaraitsuka）（再見，總有一天），改編自辻仁成的小說，由中山美穗、西島秀俊主演，光聽片名就令人感到很傷心無奈。

我後來看了原著，覺得這部電影是少數拍得比原著精彩的作品，兩位大牌演員雖有大膽激情的演出，但導演的手法卻非常唯美浪漫。中山美穗在戲中成熟嫵媚，一改以往清純的角色，大概因為原著是她老公寫的，不卯足全力認真拍不行吧？

故事是說謎一般的絕色美女沓子，不可自拔地愛上了已有未婚妻的豐，豐是大家公認的模範好青年，即將迎娶的是出身名門的大家閨秀，他的事業也將飛黃騰達、平步青雲。因此，沓子和豐之間是一段注定沒有結果的戀情，卻沒想到兩人在二十五年後重逢，相見不如不見，見到了面卻更添傷心，和《倩女幽魂》中的聶小倩和寧采臣一樣無奈。

分手的情人忘不了？

豐這位「日本好青年」，讓我聯想到張愛玲《紅玫瑰與白玫瑰》裡的「中國好青年振保」，也許這兩位模範青年的感情世界都是一樣的。若豐真的排除萬難，不顧社會輿論娶了沓子，這段愛情也不會如此刻骨銘心；當嬌豔的紅玫瑰愛人，從心頭上的硃砂痣成了牆上的一抹蚊子血，白玫瑰太太也會從一顆白米飯變成床前明月光。

我想這個不變的愛情定律，不分古今中外都是同理可證的吧，幾乎可以提名諾貝爾獎了！跨越時代、不分國籍，日本男人與台灣男人想的、要的、做的應該都是一樣的。小說最後問道：在生命盡頭的那一瞬間，會想到的是自己愛的人還是愛自己的人？而我更想問的是：對於那個最愛的人，是選擇要和他終成眷屬、步入平凡的婚姻生活，還是要當個讓他一輩子忘不了的人？我想我可能是寧願和最愛的人說さようなら的那一種吧！

さようなら

sa you na ra

再見

會用到的場合

這句話你一定聽過！さようなら乍看相當於中文的「再見」，但說的對象卻類似こんにちは（你好），基本上是對不熟的朋友或陌生人才會使用。因為さようなら有「很久不會見面」的語意，所以一般朋友之間，除非是要出國唸書遠行，不然很少會對對方說這一句話。

kon ni chi wa

以我而言，最常用的情形是去幼稚園接小朋友時，這時老師、媽媽們彼此都會說さようなら。

最特別的是在日本職場上，當上司跟你說さようなら，若不是他想恐嚇你，警告你不要太混，就是要你準備捲鋪蓋，回家吃自己了，因為さようなら有暗示「再也不會見到你」的意思。

年輕人的流行道別語

さようなら是正式用語，一般僅用於特定場合，其實真正最常用的道別語是失礼します（見第7章）。一般朋友間會說じゃあね，年輕一輩則會說バイバイ，也就是英文的bye-bye，而最近也很流行說チャオ。

しつれい
shitsu rei shi ma su
ja a ne
bai bai
chao

1.阿雄一手捏著被刷爆的信用卡，對著全身名牌的小美說：「さようなら。」（さようなら＝我們分手吧）

2.幼稚園的老師說：「慎吾，你媽媽來接你回家了喔！さようなら。」（さようなら＝再見）

全日文進階註解

1. 雄君は手に限度額を超えたクレジットカードを握って、全身ブランド製品のみみちゃんに「**さようなら**」と言いました。

2. 幼稚園の先生は「慎吾君、お母さんのお迎えが来たよ。**さようなら**。」と言いました。

向不同的人說再見

日語	讀法	中文
チャオ	chao	ciao（義大利文）
バイバイ	bai bai	掰掰
じゃあね	ja a ne	先這樣喔
失礼します	shi tsu re i shi ma su	我先走了
さようなら	sa you na ra	珍重再會

さようなら

さようなら

這句超簡單~

就是中文「再見」的意思呀！

莎喲娜啦

在台灣常常都會開玩笑地學日本人説莎喲娜啦～
莎喲娜啦～♫
Bye!
但是在日本如果跟你的情人道別...
さようなら
欸!?

為什麼？
今天不是玩得很開心嗎？
渾然不知
分手的時候説出「さようなら」，意思就是不想再連絡、不想再見面！
意思就等同＝我們分手吧！

如果是在職場上，下班時，你的主管跟你說...

さようなら
莎喲哪啦！
我先走了！

轉頭

……
哪尼？

當老闆跟你說莎喲哪啦時，有可能是把你炒魷魚的時候.....

意思等於＝你被炒魷魚了！

さようなら原來是用在對不太熟或不常見面的對象呀...
比較熟的朋友都是用じゃあね
じゃあね

以公司為家的工作狂

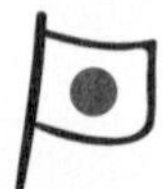

對日本人來說，
也許說完「失礼します」不是畫下一天的句點，
而是迎接另一個夜幕的開始。

職場怪現象

有一次我老公下班後想起東西忘記帶回家，於是我陪著他回辦公室去拿，卻撞見一個身上穿著睡衣的同事，正拿著牙刷準備去盥洗室。想起我以前在日本廣告公司工作時，每逢比稿前一晚，常會徹夜待在公司趕工，但是看到行頭這麼齊全，連睡衣都換好的，倒是頭一遭。

原來是我少見多怪，老公的公司裡不但有浴室，還有提供睡覺的地方，美其名叫仮眠室（かみんしつ ka min shitsu），漢字寫作「假眠」，但是真的睡著也是可以的。聽說仮眠室（かみんしつ）不只可以讓人加班時睡在公司，就算被太太趕出去，也可以避避風頭，待個一兩天。

我家老公從沒在公司睡過夜，但往往凌晨才回家，有一次我要他以後都得在十二點之前回來，他還跟我抱怨說，這樣會讓他壓力好大，他得趕時間，車難免開快……之類的——有沒有搞錯！半夜十二點，灰姑娘都和王子約會回來了呀！

但老實說，我住在公司宿舍時，的確看到每一家的先生都是很晚才回來。有時在床上尚未進入夢鄉，還會聽到一樓外面傳來一陣陣疲倦的腳步聲，尤其是在蕭瑟的秋天，雙腳踏在滿地落葉上，窸窸窣窣的，還真的有點兒淒涼。唉，男人在外打拚果然不容易啊！

不過會住在公司宿舍的往往都是年輕夫婦，家裡幾乎都有一兩個小寶寶，所以「把拔」們都很有家庭觀念（被訓練的？），每天傍晚會先踩著夕陽的餘暉，回來陪小朋友吃飯，之後把碗洗一洗、替寶寶洗個澡，再穿好衣服，踩著皎潔的月光去加班。

準時下班？別作夢了！

日本人自己也知道，過長的勞動時間是不健康的，三不五時還會出現過労死（かろうし ka rou shi）的新聞。所以這幾年，大多數的企業或學校，都會在每週規定一天，請大家準時下班，像我老公的單位在每個星期三，到了五點四十五分還會鳴鐘，並廣播叫大家鼓起勇氣，不要在乎上司或同事的眼光，準時回家去。我在學校還看到過教職員專用的洗手間裡，貼著一張小海報，希望大家準時回家，旁邊還有新娘、新郎的甜蜜小插圖，提醒大家要像剛新婚時一樣，令人會心一笑。不過這可不是搞幽默而已，反而應該認真看待，畢竟老公若是每天都那麼晚回家，回家後又那麼累，日本少子化問題只會越來越嚴重。

下班回家之前，都要向大家打招呼說：「失礼（しつれい）します。（shitsu rei shi ma su）」意思是：「我先走了。」在職場上，不可以隨興地說じゃあね（ja a ne）、バイバイ（bai bai），但也不用正式地說さようなら（sa you na ra），因為さようなら只有用在被炒魷魚的最後一天，有「再也不會見到」的意思。

所以，最禮貌和最完整的「再見」說法是：お先（さき）に（o saki ni）、失礼（しつれい）します。職位比較高的，可以對屬下說お先（さき）に；而當聽到有人說お先（さき）に或是失礼（しつれい）します的時候，則要趕緊回答：「お疲（つか）れ様（さま）です。（o tsuka re sama de su）」（您辛苦了）

但就我的經驗，不論是之前在廣告公司，或是後來在學校任教，有時這些話還滿難說出口的。因為放眼望去，大家都還在座位前努力辦公（的樣子？），自己卻要站起來，收拾包包回家去，這真的需要一點魄力。每

次當我小小聲地說：「お先に、失礼します。」然後準備像一股煙一樣溜走時，全辦公室都會此起彼落地很大聲對我喊：「お疲れ様。」讓我每次都會有一種做賊被捉到的感覺。

我想，當時一定會有人在心裡OS說：「吼！這麼早就走！我也好想回去說……」

不過，日本男人準時下班也沒什麼用，因為他們不會回家幫忙帶小孩，而是和同事出去喝一杯，發發牢騷、宣洩一下情緒，把不愉快的事忘掉。但是若被迫和上司出去，就不能好好發洩了，還要幫忙點菜、倒酒，有時上司醉了還要負責送他回家。雖然這不是一件好差事，但是也會因為和上頭走得近，消息特別靈通，甚至能掌握公司的人事脈動。警探類的日劇也常常上演探員們下班去喝一杯時，突然想出破案關鍵或釐清事件真相。對日本人來說，也許說完失礼します不是畫下一天的句點，而是迎接另一個夜幕的開始。

天天會用的28句

失礼(しつれい)します

shitsu rei shi ma su

先告辭了

會用到的場合

失礼(しつれい)します的意思相當於「再見」，在台灣的曝光度可能不高，但是真正的日本人卻非常常用。

失礼(しつれい)します 這句話除了下班回家、要離開座位時會說，連要坐下的時候也會說到。比方在日本工作或留學面試時，要等主考官示意你坐下時，你才可以坐，而且千萬不可以很大牌地一屁股坐下，得要先點頭說：「失礼(しつれい)します。」後才可以坐下去。

另一個你可能聽到的場合是在坐日系飛機時，在起飛和降落前，注意一下會發現空服員都會在準備坐回她們的座位前，點頭敬禮，口中還唸唸有詞，這時她們說的就是：「失礼(しつれい)します。」說完才會坐下，看起來就很有氣質。

1.阿雄今晚要和新認識的女孩子第一次約會，當時鐘短針一指到六，他馬上起立離開辦公桌，很有活力地說：「**失礼(しつれい)します。**」（失礼(しつれい)します＝我先走了）

2.優香的媽媽和男方談不攏聘金，她立刻站起來，撂下一句：「**失礼(しつれい)します。**」就拉著女兒回去了！（失礼(しつれい)します＝先告辭了）

全日文進階註解

1. 雄君(ゆうくん)は今晩(こんばん)新(あたら)しく知(し)り合(あ)った女(おんな)の子(こ)と初(はつ)デートです。時計(とけい)が六時(ろくじ)になると、彼(かれ)はすぐ立(た)ち上(あ)がって元気(げんき)よく、「**失礼(しつれい)します**」と言(い)いました。

2. 優香(ゆうか)のお母(かあ)さんは優香(ゆうか)の結婚相手(けっこんあいて)の男性(だんせい)と結納金(ゆいのうきん)の話(はなし)が付(つ)かないため、ぱっと立(た)ち上(あ)がって、「**失礼(しつれい)します**」と言(い)って、娘(むすめ)を引(ひ)っ張(ぱ)って帰(かえ)りました。

しつれい
失礼します

失礼します 先告辭了

日本人下班回家之前，向大家打招呼說：「失礼します。」意思是：我先走了。
失礼します

在職場上，到了下班時間...

嗯～工作進度還可以，回家休息吧！可是還有好多同事在忙...
頭

低調一點…
お先に,
失礼します。
小小聲
包包

お疲れ様です!
噗!
お疲れ様です!
お疲れ様です!
お疲れ様です!

是想讓整層樓都知道我下班嗎？

日本男性下班通常很少直接回家，因為都還要去應酬！
嗝
厚搭啦!!
好重喔！

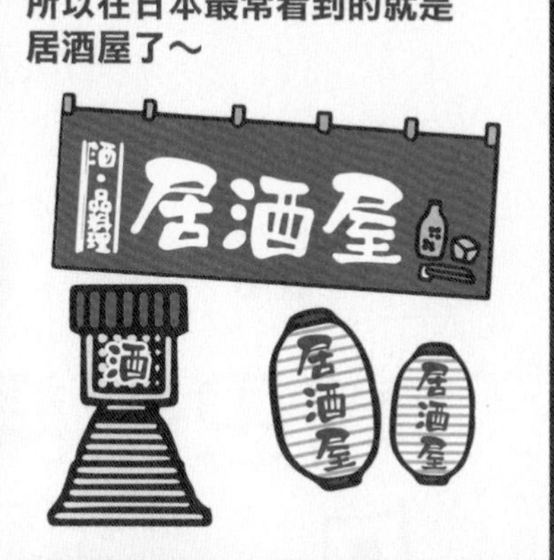
所以在日本最常看到的就是居酒屋了～
居酒屋
酒
居酒屋
居酒屋

香菇第一次去日本時...
晚上少出去!!
友人
醉漢会很多哦!
...

出去買個飲料好了！
GO!
結果...真的遇到了!!
搖搖晃晃
那是喝醉了吧!?
还好还可以看到腳...
俗辣!

忽然跟我搭話...
!@#$%^*
(聽不懂)
哩喜咧
工蝦毀...

呃...
呃...
失礼します
塊陶啊～
呀

日本有太多規矩讓外人無所適從，
檯面上不講白，墨守成規、
沒有人會告訴你的規矩比比皆是，
所以懂得察言觀色是很重要的！

請坐的美德

剛到日本工作的時候，很多日本朋友都會關心我生活上有沒有什麼不習慣。其實在日本生活還滿愜意的，東西很好吃，衣服也非常漂亮。雖然廣告公司的工作很辛苦，但是身旁的同事個個聰明有才氣，做起事來十分過癮，大家也都很照顧我這個遠從台灣來的小姑娘，於是我到了小假日就約約小會，碰到連續假日，就依季節賞花、滑雪、泡湯。

若真的要說有什麼不方便，大概就是日本有太多規矩讓人無所適從，檯面上不講白，墨守成規、沒有人會告訴你的規矩比比皆是。聽說在京都，若主人拿粥出來請你，就表示想叫你快回去。又像免洗筷子用完後，要放進原來的包裝裡，這才算是有禮貌，但是包裝上要記得摺上一角，這樣別人才知道這是用過的。這個規矩，我也是許多年後才知道的，我便曾問過一些也是住在日本很久的國外朋友，許多人就不知道有這個規矩，而且日本人不會提出來糾正你，所以懂得察言觀色是很重要的。

除此之外，日本人還是有些很親切的不成文規矩，例如：互相禮讓的どうぞ(dou zo)（請）精神。以在東京坐電車為例，若是我帶著小孩兩個人上車，而空位卻是兩個被分開的位子，那麼通常坐在中間的這個人會默默自動移到旁邊，這兩個空出來的位子就可以連在一起，讓我和小孩能並肩坐下。

所以下次若有人在你面前移開位子，請記得他不是要躲你才閃到一旁去，而是要讓位「どうぞ」（請坐）的意思，此時你可以點個頭致意，大方地坐下去。

貼心的日本人

每次從台灣回到日本的前幾天，過馬路時都會不自覺地停下來，讓車子先走，這時對方往往也會同時停下來要讓我先通過。在這雙方都停下來面面相覷，有點小尷尬時，常會看見日本車主用手勢或嘴型說三個字「どうぞ」，請我（行人）先過馬路。相同的情形，若是在早些年的台灣，運將也是會探頭出來說三個字，但絕不會是「どうぞ」；而當年我在美國加州洛杉磯開車時，遇見行人若沒停下來，有時候行人也會向我比出第三指！

「どうぞ」這個詞日本人很常說。以前我每天早上要在渋谷（しぶや shibu ya）車站轉車，那裡人潮之多，沒去過的人恐怕很難想像，簡直就像五月天的演唱會開場一樣，而且還是天天辦演唱會，但是這裡雖然擁擠，卻很有秩序。我一直很佩服東京這樣一個都市，不論是西裝筆挺的上班族，還是奇裝異服的青少年，每個人都遵守規矩、互相禮讓，大家走路都會遵照同一個方向，也不會有人插隊，或許大家都意識到這才會是最迅速有效率到達目的地的方式。

還記得小時候常會在路上看到因為爭先恐後而吵架，甚至打起來的場面，但近年來台灣也跟著變了。前一陣子在新聞中看到中國大陸有兩個辣妹，不知為了爭什麼東西，竟當街互賞巴掌！雖然電視台大張旗鼓地把這條新聞播報出來很是無聊，但是那互不相讓的狠勁，也讓我放下碗筷，看得目瞪口呆。

用やさしい的心過生活

日本人從小被教育要やさしい（心地善良、懂得替別人著想），因此 ya sa shi i 出門走在路上、吃飯、買東西，很少會和人出現摩擦，產生不愉快。大家都是笑咪咪的，禮讓的人很大方，被禮讓的人也會誠懇道謝，使禮讓的一方覺得心情很愉快。

這個どうぞ（請）的價值觀，我們從日本的小孩和大人身上都可看到。不僅是生活上，甚至在職場上也可以見到日本人やさしい的一面。人們常會說，人際關係很重要，這裡的關係指的是朋友或同事這些「認識」的人，但其實和不認識的人之間的人際關係也很重要，一天之中有很多時間，像是搭捷運、走路、吃飯，周遭的人常常都是不認識的，但如果大家不去管別人的感受，一切都以自己為中心，互不相讓，摩擦衝突自然就來了。

前一陣子，台灣流行一句話：「不要把別人的過錯，拿來懲罰自己。」但是進一步想，要是大家都盡量不要犯錯，不就不會有很多人需要去「懲罰自己」了嗎？如果像日本一樣，把どうぞ時常牢記在心、掛在嘴上，城市會更溫暖祥和，人文風景也跟著漂亮起來，相信生活的快樂指數也會跟著變高！

どうぞ
dou zo

請

會用到的場合

這句話你一定聽過！比方說，在台灣吃喜酒或和朋友一起吃飯時，我們會說：「不要客氣，請用，請用。」這時便可以用：「どうぞ、どうぞ。」

又或者在百貨公司入口，兩個人同時要擠進去時，通常雙方都會彼此禮讓，口頭說聲どうぞ，不然也會比個「請」的手勢。

どうぞ有一個慣用片語：どうぞ、ごゆっくり（dou zo go yu kku ri）（請慢用）。ゆっくり是「慢慢來」的意思，在日本常聽到店員講這句話，但在不同的場所，即使動詞不一樣，也不需要特別強調時，仍然還是說：「どうぞ、ごゆっくり。」在餐廳就是請你慢慢吃，在KTV就是請你盡量唱，在飯店就是請你好好休息，在愛愛旅館就是請你……

補充說明：ご（go）是日語裡的敬語，加在單字的前面，例如：ご家族（かぞく）（go ka zoku）（對方的家人）、ご主人（しゅじん）（go syu jin）（對方的先生）。ご家族（かぞく）是家人的意思，比方說問上司，下星期員工旅行時會不會帶家人來？不可以只用家族（かぞく），一定要在前面加一個ご才可以→ご家族（かぞく）。相反的，講自己的家人或先生時，絕對不可以加ご。這就像中文裡敬稱對方會加「令」字一樣，如「令尊」、「令郎」。

1.小英帶著日本朋友去春水堂，小英對朋友介紹說：「這就是傳說中的台灣珍珠奶茶，半糖少冰，どうぞ。」（どうぞ＝請用）

2.阿雄急急忙忙衝進新宿的伊勢丹百貨公司，看到迎面而來一位很像竹內結子的小姐，他瞬間像小太監見到老佛爺一樣，退後一步說：「どうぞ，どうぞ。」（どうぞ＝您請先走）

全日文進階註解

1. 英さんが日本の友達を春水堂につれていきました。英さんは「これがうわさの台湾のタピオカミルクティーです。砂糖半分、氷少なめにしました。**どうぞ**。」と紹介しました。

2. 雄君が急いで新宿の伊勢丹に入ろうとした時、向こうから歩いてきた人が竹内結子に似ていました。雄君は、その瞬間、目の前にラァオフォイエ（老仏爺）が現れたような宦官のように、一歩後ろに下がって「**どうぞ、どうぞ**」と言いました。

どうぞ

どうぞ 請

どうぞ的中文意思就是「請」，不管是讓座或吃飯的時候都可以使用喔！

日本的服務業，常常可以看到美麗的服務人員，笑咪咪地為你服務～

說真的！被服務的時候，那種感覺～酸酸甜甜好像初戀呀！

台灣有些店家的服務品質也很好！

陶X屋

夏慕X

但有時候會遇到好像我欠他幾百萬的服務人員…

請問醬料在哪？

櫃子上！自取！

有次去百貨公司裡面吃下午茶
麻煩，兩位~
好~
這邊請！
要點餐時...
哈哈哈哈~
起身
我去叫
她們吧！
呃...不
好意思...

比我們晚到的顧客餐點都來了...
我的草莓鬆
餅還沒來...
可能他們正
要去農場採
草莓吧~
您的草莓鬆餅！
哇~
我都吃完了！
咕嚕嚕
結帳時
不好意思~
草莓鬆餅沒有來...
可以幫我把金額
扣掉嗎？
用MIC通話中
X桌的
草莓鬆餅
有做嗎？

是不會回答喔!?
X桌的草莓鬆餅有做嗎？
暴怒
我又沒有罵她！
她幹嘛不爽...
已取消！
金額請確認！
...一句「不好意思」
都沒有說，還要加
一成服務費！
三明治 160
皇家奶茶 150
檸檬水果茶 150
金額 460
服務費 46
總金額 506

賺人熱淚的婚禮

在日本婚禮最後，新娘子要在大家面前唸一封寫給爸媽的信，感謝父母對自己從小到大的養育之恩，唸完之後再獻上一束花，這橋段稱為「花束贈呈」，有強效催淚作用。

道謝其實不說「ありがとう」？

整體來說，日本人接受別人的幫忙或東西而想要道謝的時候，其實不太說ありがとう（a ri ga tou）（謝謝），反而比較常說すみません（su mi ma sen）（不好意思），所以我才把這句すみません特別提出來，希望大家一定要多多愛用。至於為什麼不直接說謝謝？我至今也還想不清楚，據日本朋友說，可能是因為日本人生性含蓄拘謹的關係。

有時我們對日語會有一些小誤解，以為さようなら（sa you na ra）是「再見」，以為「謝謝」是ありがとう，但實際上，這和日本人真正道地的說法與用法，卻有些出入，而這也是本書最想要和大家分享的一點。學習外國語言，在溝通上最重要的並不是文法的正確性，而是生活實用的精準度。文法若用錯了，反正你是外國人，聽起來或許還很可愛；反觀某個人日語很厲害，文法、發音上沒有一點瑕疵，但是卻說了不恰當的話，很容易馬上就會被誤解，誰會想到他其實不知道真正道地的用法。

曾有一個法國朋友開玩笑說，要得到日本人的無限大寬容，就是故意把日語說得爛爛的，萬一有什麼失言或失禮的地方，很容易就會被原諒，反正「外國人剛來，還不太了解日本人的規矩」。我羨慕地說，那是因為他金髮碧眼，一看就知道是外國人，享有不知權（不知道的權利），像我就老被認為是日語說得怪怪的日本人或是ABJ(America born Japanese)。

感人的婚禮橋段

話說回來，那麼日本人什麼時候說ありがとう 呢？有一個很典型的ありがとう場合，非常非常的ありがとう，連豪邁的台灣人也會不好意思、說不出口，但日本人卻能堂堂地表達出來。那就是在日本婚禮最後，新娘子要在大家面前唸一封自己寫給爸媽的信，感謝父母從小到大的照顧和養育之恩，唸完之後再獻上一束花，這橋段稱為花束贈呈（はなたば ぞう てい / hana taba zou tei）。注意！背景音樂一定要是那種超級感人肺腑，有強效催淚作用，能營造出溫情滿人間氣氛的音樂。要知道新娘子在婚禮上常會熱淚盈眶，哽咽到根本就聽不清楚她在講什麼，只能聽到おかあさん、ありがとう、ありがとうございます。（o ka a san　a ri ga tou　a ri ga tou go za i ma su）（媽媽，謝謝，謝謝您。）這時若沒有催淚音樂，現場只有新娘子一個人在哭，氣氛會有點尷尬。

我結婚的時候，背景音樂前奏才一放，我那任教於某高中名校的好朋友，已經忍不住開始哭了。很快的，不到三秒，全場各桌互相傳面紙、掏手帕，連我任職的廣告公司的美國CEO，也紅了眼眶，一個大男人跟著大夥兒一起擤鼻涕。可是後來想想真奇怪，我當時唸的是中文耶……

最近去參加我先生表妹的婚禮，男方是業餘玩音樂的熱血青年，當新娘子才唸了一句給爸媽的話，他就哽咽起來，最後還用吉他自彈自唱一首歌，獻給雙方父母。當然他也是一邊哭、一邊唱，唱完還用哽咽低沉的聲音說出一句很感性的ありがとうございます。

我對這位感情豐富的表妹婿讚賞不已，但是我先生和其他表兄弟卻覺得這小子太沒有男人氣概了，丟了查甫人的面子，畢竟男兒有淚不輕彈啊！

不掉淚的男子氣概

的確，我幾乎沒看過我先生哭，還記得當時婚禮上，全場都哭了，新郎竟然沒有哭？連端菜來的小姐都眼眶泛紅了。真不上道！

一直到結婚一週年的時候，他送了一百二十朵紅色玫瑰花到我辦公室，上面附著一張卡片，寫著：結婚（けっこん）してくれてありがとう（ke kkon shi te ku re te a ri ga tou）。（謝謝妳跟我結婚）。周圍的日本同事非常讚賞他這種送花到辦公室的非日系（有點台）作風，紛紛問我究竟發生了什麼事，為什麼他要這麼謙卑有禮地說ありがとう？因為ありがとう在這個場合的用法，真的不只是單純的「謝謝」這兩個字，還包含了無限的感恩和感激。這樣一來，我心裡頭一高興，就不再斤斤計較他在婚禮上沒有哭了。

不過後來我生寶寶時，他也還是沒意思意思掉幾滴眼淚！只是話說回來，生寶寶時我自己也沒哭，因為全身麻醉，意識不清。

但這件事讓我記恨許久，難道日本男人真的都不哭的嗎？結果我先生回答我說：「有啊有啊，上次新聞報導撲殺數百頭生病的和牛時，我好難過，哭得好傷心，還倒了一杯威士忌喝……」聽了這句話，更讓我火氣上升。後來他說早知道我會記恨這麼久，當初在婚禮上和醫院產房時，就應該要狠狠捏自己的大腿，硬擠出幾滴眼淚來。

天天會用的28句

ありがとう

a ri ga tou

謝謝

會用到的場合

這句話你一定聽過！或許你心裡會想：嘿！我已經會了。沒錯，就是這樣，其實有好多日語大家早就會了，只要再了解一下用法就ok了。

比較正式有禮貌的說法是ありがとうございます。前面曾提到日語越長越有禮貌的鐵則，ありがとう加上ございます就顯得更客氣了。

另外，拿到禮物或接受別人幫忙時，若是再加上一句すみません，配合點頭、鞠躬一下，就很有日本味，對方一定會暗中嘖嘖稱奇，心想這外國人真了不起，這麼能融入當地的習慣，或許你下次點拉麵時，碗裡就可能會多出現一片薄薄的叉燒肉。

活生生雙語例句 獨

1.然然在母親節的時候，自己做了一張卡片，上面寫著：媽媽，いつも（i tsu mo）ありがとう（a ri ga tou）。（いつもありがとう＝一直以來都很謝謝妳）

2.交往十年終於將老婆娶到手，蒼瑚君說：「妳肯跟我結婚，ありがとうございます。」（ありがとうございます＝由衷地感謝妳跟我結婚）

全日文進階註解

1. 然君(ぜんくん)は母(はは)の日(ひ)に、自分(じぶん)でカードを作(つく)って「ママ、**いつもありがとう**」って書(か)いています。
2. 付(つ)き合(あ)って10年(じゅうねん)、やっと手(て)に入(い)れた妻(つま)に、そうごくんは「結婚(けっこん)してくれて**ありがとうございます**。」と言(い)いました。

謝謝的等級

日語	讀法	中文
サンキュウ	san kyuu	謝啦（Thank you）
ありがとう	a ri ga tou	謝謝
ありがとうございます	a ri ga tou go za i ma su	謝謝您
どうも ありがとうございます	dou mo a ri ga tou go za i ma su	非常地感謝您

動手描描看

ありがとう
謝謝

ありがとう！等於中文「謝謝」！

ありがとう！

比較正式有禮貌的説法是：

ありがとうございます！

下午上班時

肚子總是容易餓…

肚子好餓喔！

咕咕咕

肚子叫

你有沒有
小零食可以
止餓呀？
HP
一直在損血！
太餓～…

我這邊有小餅乾～
請妳吃！
別人給我的！
我也吃不完！
真的嗎！

ありがとう！
你人真好！
獲得糖果x1
可恢復25HP
不客氣！

…………………
吃吃一…

有點酸？

应該是檸檬之類的口味吧？
繼續做事…

沒多久…

我….我去一下廁所!!
衝!
……
原來已經過期了呀…
嘖!

10

一年一度的運動會

在日本，會運動的小孩是非常被看好的，
有朝一日成為足球選手或棒球明星，
不僅受人尊敬，更是廣告商尋求代言的最佳人選。

令人欣慰的大丈夫

日本人從幼稚園起就非常重視運動會，其中的接力賽跑更是最受家長注目。電視上常常有新的數位相機或錄影機廣告，都是用小朋友運動會的哏，因為這是成長過程中一定要記錄的場合，要是沒有買的話，就不算是個好把拔。運動會是家裡的小小孩第一次參與團體生活的競爭，其重要性不言可喻。在日本，會運動的小孩是非常被看好的，有朝一日成為足球選手或是棒球明星，不僅非常受人尊敬、有崇高的社會地位，更是女生想嫁、廣告商尋求代言的最佳人選。

我家哥哥唸中班的時候，第一次參加跑步比賽，雖然平常週末都和把拔認真地練習跑步，但結果卻還是跑了倒數第二名。當時在運動場上，槍聲一響起，哥哥頭上綁著小紅帶，踏著小小的步伐很努力地往前跑出去。眼看快到終點時，他旁邊的小女生同學卻跌倒了，整個人趴在地上，我家哥哥頓時停了下來，走回去趕緊扶起她，牽起那小女生的手，看著她的眼睛，很擔心地問她：「大丈夫（だいじょうぶ dai jou bu）？」（問句用法：怎麼了？還好嗎？）結果那小女生嚎啕大哭起來，哥哥又安慰她說：「大丈夫（だいじょうぶ）、大丈夫（だいじょうぶ）だよ（da yo）！」（肯定用法：不要怕，沒關係喔！）

直到老師、家長靠過來了，哥哥才突然想起自己還沒跑完，繼續跑向終點，領跑完的獎品。人生競賽中雖然有輸贏，但是能有一顆善良純真やさしい(ya sa shi i)的心，比什麼都重要！我很高興自己的孩子雖然不是跑第一名的人，但卻是會牽起跌倒的小朋友的那一個人。

不過老公說，他慶幸的是，自己的孩子不是跌倒的那一個……然後喃喃自語，加上一絲絲失落感地說：「大丈夫(だいじょうぶ, dai jou bu)、また(ma ta)来年(らいねん, rai nen)！」（沒關係！明年再來！）

令人混淆的大丈夫

在中文裡，如果別人拿著一塊鳳梨酥，問你要不要吃？我們會習慣說：「不用，沒關係。」可能是因為這個語言習慣，我自己在說日語時，會直接用大丈夫(だいじょうぶ)這個字回應上述情況。但是在這種狀況下，日語中並沒有這樣的用法。這一點曾讓我的日本婆婆有些困擾，有次當她問我要不要吃豆大福(まめだいふく, mame dai fuku)時，我說大丈夫(だいじょうぶ)です，弄得她不知道我是要吃還是不要吃。避免直接拒絕說いらない(i ra na i)（不要）的心意是好的，但是曖昧到說不清楚或是用法錯誤，就會使人一頭霧水。若要拒絕，最清楚的回答是いいんです(i i n de su)或是結構です(ke kkou de su)，這都是委婉拒絕的方式。

我婆婆有時問我老公要不要吃豆大福(まめだいふく)時，他也會回答大丈夫(だいじょうぶ)，但他不是想模仿我的說話方式，而是用「上揚」的語氣質疑，最後「加問號」的口氣說道：「媽，妳又買甜的來吃，大丈夫(だいじょうぶ)？糖尿病不要緊嗎？」或是更惡毒地說：「哎呀，那不是昨天買的嗎？大丈夫(だいじょうぶ)？沒有壞掉嗎？」

所以，如果有人請你吃東西而你不想吃時，記得不能說大丈夫(だいじょうぶ)；若是話已經出口說到一半，那麼說話的語氣一定要非常明顯地下降，否則會聽起來很囂張，好像在質疑對方的東西是不是壞掉的感覺。

だいじょうぶ
大丈夫
dai jou bu

沒關係

會用到的場合

這句話你一定聽過！大丈夫（だいじょうぶ）光看中文字面「大丈夫」三個字，會以為是指哪家人的丈夫長得很高大，還是孔子所說的那不與小女子鬥的大丈夫。其實，大丈夫（だいじょうぶ）的中文意思是「沒關係」，男子漢大丈夫嘛，跌倒、撞到當然沒關係啦！這樣就很容易記住吧！世上不如意的事那麼多，若是有大丈夫（だいじょうぶ）精神，凡事都沒關係、沒關係，生活一定比較輕鬆愉快。

假設當你走在擁擠的渋谷（しぶや shibu ya）車站，被109辣妹不小心撞到時，對方通常會用塗得厚厚亮亮的嘴唇，向你點頭道歉說：すみません（su mi ma sen）或ごめんなさい（go men na sa i），你可以先客氣地回她大丈夫（だいじょうぶ），之後再用中文在心裡偷偷OS：走路不長眼睛啊？沒事把眼睛塗那麼黑，難怪走路看不到路。

此外，大丈夫（だいじょうぶ）這句話也常當問句用，但請記得要配合溫柔關心的語氣說：大丈夫（だいじょうぶ）？你還好嗎？沒事吧？不要緊吧？好比當你不小心把109辣妹撞倒在地上，她一邊流鼻血時，你要趕緊一個箭步衝上前去問說：大丈夫（だいじょうぶ）？你甚至還可以跟她說：「情況好像不太好，讓我帶妳去醫院吧！我全都會負責任的！」

活生生雙語例句 獨

1.小華和小英約在威秀影城看電影……

小英：「不好意思，我遲到了。」

小華：「**大丈夫**，我等妳十年都願意。」

（大丈夫＝沒關係）〈肯定用法〉

2.結婚七年後……

小華：「好巧喔！我們客戶叫我這星期六情人節那天跟他去打高爾夫球……真巧真巧。」

小英：「老公，**大丈夫**？你不是得流感還在發燒嗎？」

（大丈夫＝沒問題吧）〈疑問用法〉

全日文進階註解

1. 華君と英ちゃんはワーナーブラザーへ映画を観に行く約束をしています…

英：「すみません、遅くなりました。」

華：「**大丈夫**ですよ、10年でも待ちますよ。」

2. 結婚して７年後…

華：「偶然だね、今週末バレンタインの日に、クライアントにゴルフを誘われたんだ。」

英：「あなた、**大丈夫**？インフルエンザでまたお熱がでているんじゃないの？」

だいじょうぶ
大丈夫

猜猜看

日文中會使用漢字，看起來和中文字形似，但是意思卻不太一樣，試著猜猜看吧！

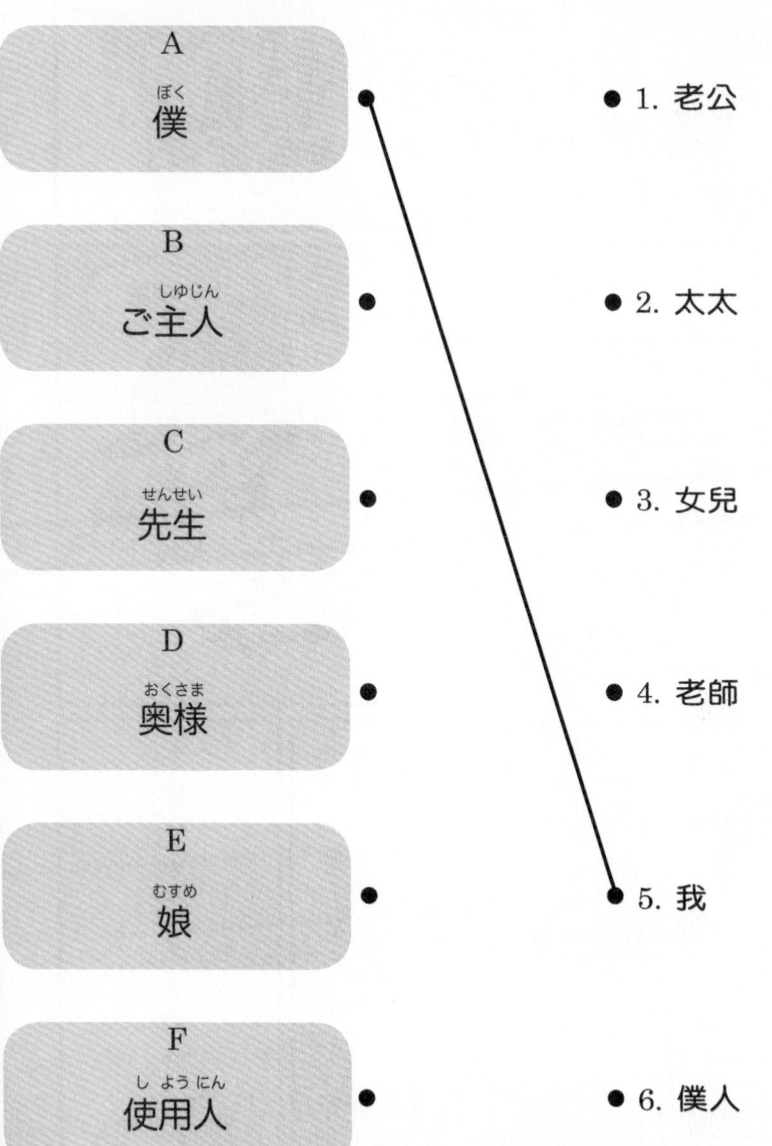

解答：A→5.、B→1.、C→4.、D→2.、E→3.、F→6.

大丈夫 沒關係

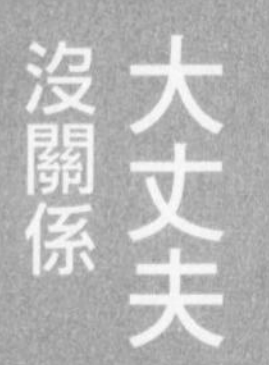

日語「大丈夫」的中文意思是「沒關係」，男子漢大丈夫，跌倒撞到當然沒關係的啦！

大丈夫！你沒事吧？
噴ー
大丈夫！小傷而已…

香菇八點小劇場

開麥拉~

這是男女主角相戀的過程

啊！

世界好模糊呀…
眼鏡…
撿

謝謝！

某天他們出去約會
哈哈~
追我啊!

忽然...

啊~
賣摳!
碰!
發生了悲劇...

因此住了院...
大丈夫!?
我好擔心你!
這裡是...

哩系向?
失憶!

我是薇莉莉!
維他命?
薇莉莉!
義大利?
薇莉莉!
維大力?

薇莉莉啦!
噗!

原來是薇莉莉!
我怎麼在這?
這個劇情感人吧?
有結合偶像劇融合
鄉土劇的感覺!
我的臉好像怪怪的?
也發展得太過迅速了吧!
太好了!
你醒了!
從此兩人過著幸福快樂的日子!

好「high」的日本人

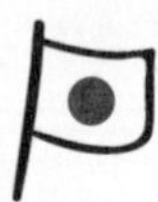

一般搭飛機時，
空服員會問你要不要再來一杯咖啡？
要的話可以說「はい」，
不要的話就可以說「結構です」。

這句話，日本人說個不停

我們常在日劇裡，看到小員工對課長一邊鞠躬哈腰，一邊「はい(ha i)、はい、はい」說個不停，其實就是中文裡常會聽到的「是的，是的，您說得是。」由於はい的使用機會很高，就像口頭禪一樣，所以我們會有一個印象，以為講日語時都會一直說はい，只要學一句はい，就可以到處はい個不停。

語言有趣的地方就在於，說話的語氣不同，意思上就會有天壤之別。像前面章節提到的お願(ねが)い(o nega i)，小朋友可以用撒嬌的語氣向媽媽要軟糖吃，生意人也可以用誠懇堅定的語氣說：「お願(ねが)いします。(o nega i shi ma su)」借錢調頭寸。這告訴我們一個學習語言的祕訣：要充分了解一句話的各式各樣用法，這樣一來，學會了一句話，便像是會了四五句一樣，事半功倍。

以はい來說，若小員工簡潔有力地說出口，聽起來就會恭敬有禮，像阿兵哥一樣。但換成我家的弟弟，當叫他收玩具時，他就會有氣無力地拉長聲音說：「は-い、は-い。」感覺像是「好啦，好啦」，聽起來超敷衍的，這時平常裝有氣質的媽媽通常就會忍不住說：「『はい』は一回(いっかい)です。(ha i wa i kkai de su)」（「好」說一次就可以了。）

這是一句在日本很常聽到的生活慣用語，更是家裡有頑皮小孩，或是嫁給講不聽的老公的主婦們最佳的口頭禪。其實仔細想想，這句話還算是客氣給面子的，因為我通常會對老公再補強幾句：

「每次只會說『好好好』，還不是沒做一直拖！你有沒有在聽我講話？當我的話是耳邊風啊！」

（每回「はいはい」ばっかり言って、結局何もやらなくて、ずっとダラダラしてるじゃん！私の話ちゃんと聞いているの？本当に馬耳東風だね！）

夠兇狠吧？不要懷疑，當然是用日語開罵，這可是我苦練多年的成果，程度還不錯吧！（但是好孩子請勿模仿喔！）

日本女生的小祕密

原本我以為日本女生比較拘謹，不會八卦來、八卦去，不容易被猜出誰和誰在一起。但是後來發現其實不然！而玄機就暗藏在這個はい裡面。原來，只要在はい這兩個字中間加上ぁ，聽起來就會很撒嬌，很多女生當心上人呼喚她時，便會不自覺地はぁい～（嗯－好－啊）地輕聲細語起來。看來日本人看似拘謹，其實卻藏不住心意，連說個はぁい～也會露出馬腳，被人發現小祕密！

場景：某大學研究室

魅力學長：「北川，妳過來一下。」

嬌羞學妹：「はぁい～」

同學甲對同學乙說：「あのね、景子ちゃんは道明寺にそっくりの先輩に呼ばれた時、『はい』は、小さい『ぁ』が入っている。」

（我跟妳講喔，景子回應很像道明寺的那個學長時，はい的中間加上一個嬌羞的小ぁ耶。）

這就是在暗示學妹對學長有意思，可能兩人之間已經有小曖昧，妳若是也對學長有意思，就要小心這個可能會是情敵的景子；若是你喜歡景子妹妹，那可得要加緊攻勢。在日本蒐集「情」資，就是要這樣觀察敏銳！

千萬不要會錯意

有一點要特別小心的是，我美國的同事曾在聽到日本客戶說「はい」時，以為對方已經答應成交了，卻沒想到日語的「はい」也是一種搭腔，僅表示「我聽到了」而已，並不是真的答應。所以和日本人談生意時，要能夠揣摩言語字裡行間的意思，否則會落得空歡喜一場。

同樣一個はい，被不一樣的人用不一樣的語氣說出口時，真的可以表達各種不同的心情和事情！

天天會用的28句

はい

ha i

是

會用到的場合

這句話你一定聽過！例如搭飛機時，空服員會問你要不要買免稅商品或是再來一杯咖啡？要的話就可以說はい，若是不要的話，日本人一般很少會直接拒絕說いいえ(i i e)，通常都會客氣地說結構(けっこう)です(ke kkou de su)，中文意思相當於「不用麻煩了，謝謝你」。此外，另一種用法也是常見的——當被老師叫到名字的時候，小朋友會舉手喊「はい」，就像中文點名時說「有」一樣。

活生生雙語例句 獨

1.一朗與班上剛剛轉來的新同學初次見面……

一朗：「金城同學，你是台灣人嗎？」

金城武：「**はい。**」（はい＝是的）

2.年輕帥氣的木村老師，中午在桌上發現一個愛心便當……

木村老師：「我桌上的便當，是誰放的？」

靜香同學（嬌羞地）說：「**はい，我親手做的。**」（はい＝是的）

全日文進階註解

1. 一郎(いちろう)はクラスの転校生(てんこうせい)に尋(たず)ねました…

一郎(いちろう)：「金城(かねしろ)さんは台湾人(たいわんじん)ですか？」
金城武(かねしろたけし)：「**はい**、そうです。」

2. 若(わか)くて格好(かっこう)いいキムラ先生(せんせい)の机(つくえ)に、ハート付(つ)きのお弁当(べんとう)が置(お)いてあります…

キムラ先生(せんせい)：「僕(ぼく)の机(つくえ)の上(うえ)のお弁当(べんとう)、だれが置(お)きましたか？」

シズカちゃん（照(て)れている）：「**はい**。私(わたし)の手作(てづく)りです。」

●補充：

親手做的—手作(てづく)り。(te zuku ri)

便當—お弁当(べんとう)。(o ben tou)

各種心情的「はい」

日語	發言人	讀法	語意
はい	被點到名的學生	hai	有
はいはい	講不聽的老公	haihai	好啦好啦
はぁい	嬌羞的女生	haai	嗯嗯
はい	談生意時	hai	這樣啊

はい

是 はい

はい就是中文的「是」，當有人點到你的名字，或者詢問你問題時，皆可以使用「はい」！
High妳的頭啦！
好High喔～
飲酒過量易傷身喔！

香菇～不要一直玩電腦！眼睛會壞掉！出來看個電視呀！
左耳進，右耳出～
はいはいはい
OS:看電視跟看電腦...有差嗎？

は＿い
中間空白填入小ぁ
學妹~
はぁい
變成像在撒嬌有曖昧的樣子～

最常見的就是課堂上點名時...
香菇
はい
好～沒來！
はい!!

曾有業務赴日本提案時...

這個方案能使雙方互惠，
創造雙贏的目標！
不知您覺得如何？
はい
はい

他一直很認同我！
這個案子成功了！
計画通り
はははは…

結果...
對方似乎不買單耶...
欸？

沒想到日語的「はい」也是一種搭腔，表示【我有聽到了】而已！
下面分享跟日本客戶喝酒時的小貼心舉動：

對方的酒杯沒酒
或是沒倒滿的時候，
要主動幫對方倒酒！

在敬酒的時候，自己的
酒杯要比對方低一點！

乾杯！

在日本真的要注意很多細節...

嚮往從夫姓的日本女人

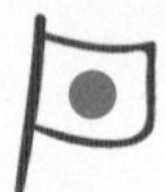

對日本女性來說，
結婚是人生的終極目標與夢想，
尤其是婚後改從夫姓，
這簡直是最浪漫的一件事！

另類的「浪漫」

日本女性在結婚後就會改從夫姓，而且幾乎大家都會改，從身分證到銀行戶頭的名字全都改掉——不是只有「冠上」，是直接「改掉」喔！很多人認為非常浪漫，但是對我來說，卻覺得有些不甘願。我可以接受的程度，大概就只有口頭上被稱N太太吧？文件上改了姓，總覺得有點對不起父母、違背祖宗的感覺。

當初去辦理結婚登記的時候，我才發現日本規定外籍配偶是可以保留原來姓氏的。然而，台灣剛好相反，外籍配偶必須改和台灣籍配偶同姓。因此在日本，我可以繼續姓「蔡」，不過在台灣，我先生卻必須跟我姓「蔡」，身分證明上白紙黑字寫得清清楚楚的。在兩個兒子陸續出生之後，因為只剩下一個選擇，他們自然也通通跟我姓，因此突然之間，我娘家多了三個姓蔡的男生。「這下子，號稱四千金的蔡家，總算有人傳宗接代傳香火了。」當我得意地跟朋友這樣說時，大家都笑我是不是日本時代劇還是台灣本土演不完的八點檔看太多了？都民國幾年了，連總統都可以直選了，我竟還有這種食古不化的想法！雖說如此，嘿嘿，我還是有賺到的感覺！為此，我建議只有生千金的家長們，趕緊讓女兒和日本男人結婚，屆時生的小孩全部都可以跟娘家姓，在日本也可以保有自己的姓，不用改從夫姓喔！

婚禮包多少「白包」？

大家一定很好奇，日本婚禮的禮金行情是如何？到底要包多少禮金才不會被笑或是失禮？基本上，日本婚禮分典禮、喜宴和二次會：應邀觀禮的大部分是雙方的親戚和摯友；喜宴是招待制，人數及座位會事先算好；二次會大都是會員制，請的是一般的朋友和同事，像開party一樣，雙方家長幾乎不會參加，讓年輕一輩的人盡情去鬧、去玩。二次會多半採用歐式自助餐，大家包的禮金都是一樣的，大概是一萬元日幣（約台幣三千元左右）。招待制的喜宴則是沒有收到喜帖便不能參加的VIP式，可想而知禮金數字鐵定是不會少的，一般行情是：好朋友三萬日圓起跳、摯友五萬、親戚十萬，換算成台幣大約是朋友一萬、摯友一萬八、親戚三萬七（參考匯率1： 0.37），看不到「紅色炸彈」卻是超級炸彈！

雖然都是亞洲國家，但是日本在婚禮的習俗禮數上卻與台灣相反，不但禮金金額最大的數字一定要是奇數，而且禮金袋也要用純白色的，再綁上金色的蝴蝶結。禮金袋的封面只要寫上自己的名字，不用寫新娘或新郎的名字，也不用寫「百年好合」之類祝福的話。最好用毛筆字寫，絕對不可以用藍色原子筆書寫；除此之外，內袋裡要寫上金額多少和自己家的住址。我一開始覺得很彆扭，竟然要寫出來自己包多少禮金？！

但是仔細想想，台灣的婚禮習俗豈不更加露骨？給禮金的時候，婚禮接待排排坐著，像會計櫃檯一樣專業機械式地收錢，當場拆封並數完鈔票，然後在大家面前登記多少錢。有時一下子來了太多客人，還會一個唸全名、一個登記：「陳大少，兩千四。王子賢，一千二。」而且碰到生意上往來的賓客，還可以要求開收據好報帳。

因為日本的禮金袋裡面已經寫清楚金額了，所以只要將禮金袋交給招待就可以了。我幫兩個好朋友當過收禮金的招待，完全不用忙著數鈔票記帳，只要穿著光鮮亮麗的小禮服，踩著三吋高跟鞋，站著接過白包禮金袋，笑容可掬地鞠躬說謝謝，然後優雅地發座位表給來賓就可以了。唯一有壓力的是，收完全部禮金後，要自己先保管一會兒，等到喜宴開始，乾杯致詞完，主人家比較不忙的時候，才將裝滿幾百萬日幣的現金袋交過去。為此，我都沒有辦法好好看新娘進場、乾杯喝香檳，因為我必須兩眼盯著那幾百萬日幣，深怕一個閃神，就會有一包不見了！當然我也很慶幸被賦予這樣的重任，這就表示我在相當程度上受人信任，因為若不是親信，可能就會直接走出門口，坐上計程車，捲款潛逃。

你一定會想：哇！在日本禮金要包這麼多，那新人不就賺翻了？超級紅色原子彈耶！但是……錯錯錯！在日本舉行婚禮絕對是會賠錢的，因為婚禮開支實在是太過驚人，所以男人們都不想按照傳統習俗，要嘛是去公證，再不然就是小倆口到國外結婚兼度蜜月。

日式婚禮

在日本，婚禮過程就像頒獎典禮一樣，每位來賓都會盛裝打扮，像是要走星光大道一樣。男士會西裝筆挺，打上銀白色領帶，女士則都是穿著晚宴服，比如亮晶晶的澎澎及膝小禮服或是露肩的及地長裙，再加上一條華麗的絲質披肩，在胸前或頭上插一朵花。日本婚禮的服裝顏色也有些規矩，女士不能穿白色的，新郎、新娘的媽媽——也就是親家母們，必須要穿黑色的和服，叫做黑留袖（くろ とめ そで，kuro tome sode），而且妝不能畫太濃，一切都要以凸顯新娘為主，絕不可以搶了主角的風采。

除此之外，音樂、燈光、捧花、桌巾布等每個小細節都有專人設計執行。來賓一般都在八十位左右，座位是事先安排好固定的，因此當我看著別出心裁的座位表，找到自己的座位時會看到桌上早已經雅致地放著印有我個人名字的牌子，椅子上也會放著一袋很高檔的伴手禮，這個伴手禮不是只有一盒喜糖和小婚紗照片，常常都是有名的陶瓷製品或是高級酒杯、餐盤。餐點則是一人一份六至七道的法式或和式精緻套餐，搭配香檳、紅酒、白酒，餐後還有咖啡以及結婚蛋糕當甜點。若是有朋自遠方來的話，還要附上機票錢和飯店住宿費，把每個人都當成「貴賓」來款待。哇！還真的是很貴的來賓！

我每次參加日本朋友的婚禮，都覺得很溫馨、莊嚴、有意義，在場的每個人，也都會因為各種不同的感動和心情而淚光閃閃。因為只有八十位來賓，所以會被邀請出席的，都是新人的好朋友或者至親。喝喜酒時，沒有小孩穿涼鞋跑來跑去，也沒有遠親的阿伯猛向同桌不認識的人灌酒，更不會有年底要選舉，卻上台叫錯新郎名字的候選人。每次參加婚禮，我都再一次見證到結婚這件事是如此地莊嚴神聖，也能夠重新去檢視自己現實的婚姻生活，似乎在激情的灰燼裡，找回了一點浪漫的初衷。

san

名字後的稱呼：OO先生/ OO小姐

會用到的場合

這句話你一定聽過！日語很簡單，叫每個人都是さん，不管男男女女、年輕老少全部都是。英語中有分Miss.和Mrs.，若是把小姐和太太搞錯，是會很尷尬的，但日語就很單純，不會有這樣的問題。さん大部分要加在姓氏後面，除非是家人，不然很少會直接叫名字，不像在台灣總是見面三分情，馬上就會很熟地說：「少鵬，你家住哪？要不要一起去吃個便飯啊？」在日本，即便雙方很熟，還是會叫XXさん，「XXさん，來去吉野家吃飯吧？」

活生生雙語例句 獨

日本社會非常重視上下關係，雖然只稱姓，但是不同的身分關係，也會在姓後面使用不同的稱謂。

以鈴木一郎（すずき いちろう／suzu ki ichi rou）這個名字為例子，鈴木（すずき）是姓，一郎（いちろう）是名。

1.大部分的人：（姓+さん）

「鈴木（すずき）さん，早啊！中午一起去吃飯吧！」

2.大學的同班同學：（姓+君（くん／kun））

「鈴木君（すずき くん），好久不見，你變胖了喔！」

さん

3.高中球隊學長：（單叫姓）

「鈴木(すずき)，還不快去把球撿回來！」

4.女朋友：（單叫名字中的一個字）

「一(いち/ichi)～好想你喔！」

5.媽媽：（單叫名）

「一郎(いちろう)，快點下樓吃飯！」

6.過年到阿嬤家：（名+ちゃん(chan)）

「一郎(いちろう)ちゃん，阿嬤看到你真開心，有夠高興的啦！」

7.高級渡假飯店：（姓+樣(さま/sama)）

「鈴木樣(すずきさま)，住房愉快！」

8.感冒生病住院：（姓+樣(さま)）

「鈴木樣(すずきさま)，請保重！」

9.當選議員後別人會稱呼：（姓+先生(せんせい/sen sei)）

「鈴木先生(すずきせんせい)，我們家後面那一塊地，可不可以……」

全日文進階註解

1. ほとんどの人(ひと)：
「**鈴木(すずき)さん**、おはよう。お昼(ひる)一緒(いっしょ)に行(い)こうか？」

2. 大学(だいがく)の同級生(どうきゅうせい)：
「**鈴木君(すずきくん)**、久(ひさ)しぶり、太(ふと)ったね！」

3. 高校部活(こうこうぶかつ)の先輩(せんぱい)：
「**鈴木(すずき)**、早(はや)くボール拾(ひろ)ってこい。」

4. 彼女(かのじょ)：
「一(いち)、会(あ)いたいよ。」

5. お母(かあ)さん：
「**一郎(いちろう)**、ご飯(はん)だよ。早(はや)く下(した)に降(お)りてきて。」

6. お正月(しょうがつ)、おばあさんのお家(うち)：
「**一郎(いちろう)ちゃん**、おばあちゃんは一郎(いちろう)ちゃんの顔(かお)を見(み)れてうれしいねえ。」

7. 高級(こうきゅう)リゾートホテルチェックインの際(さい)：
「**鈴木様**(すずきさま)、ごゆっくり、おくつろぎくださいませ。」

8. 風邪(かぜ)で入院(にゅういん)する時(とき)：
「**鈴木様**(すずきさま)、お大事(だいじ)に。」

9. 出世(しゅっせ)して、議員(ぎいん)になったら：
「**鈴木先生**(すずきせんせい)、我(わ)が家(や)の後(うし)ろの土地(とち)を、もしできれば…」

道地的用法

根據前面的例句，相信你大概猜得出各種稱呼的用法。基本上，除了家人或從小認識、非常熟的朋友才會叫名字之外，大部分都只稱呼姓，像台灣稱呼「李小姐」、「林先生」那樣，其實聽起來倒是有些見外。

日語	讀法	解說
さん	san	一般最常用，不管對男對女都通用。
様(さま)	sa ma	在商務上稱呼客戶、老闆， 或稱呼未來的公公婆婆時使用。
君(くん)	kun	稱呼男生或同學。
ちゃん	chan	稱呼女生，或是年紀還很小的男生。
先生(せんせい)	sen se i	稱呼老師、醫生、 律師、政治家，無論男女皆通用。 例：惠美先生(えみせんせい)指的不是惠美的老公，而是「惠美老師」。

さん

さん 先生／小姐

日本人稱呼別人的姓氏時，禮貌上會在姓氏後面加さん

一般通用

さん { Miss / Mrs. / Mr.

除了最通用的さん之外，也可以看到日本偶像劇裡同學稱呼男同學的姓氏時會加「君」。

廖君~

不可以！夫人在看~

話說...我們在演哪齣戲啊...？

夫人不就是妳嗎？

不要再叫我的姓氏了！
咦？

叫我名字...
嬌羞

如果只叫對方的名字，似乎關係就會更上一層樓！
大牌！
香菇！

如果在台灣～
比較常聽到的是叫
綽號或是全名～
像是9527...
啊嗯
那是監獄裡
的代號吧？

雖然台灣沒有像日本一樣在姓氏後面加上さん，
不過卻很流行加上什麼哥、什麼姐的～

大聲哥
你是在大聲什麼啦?
HOLD住姐
全場我HOLD住～
憑什麼姐
只有星巴克
我會想去插它～

回到正題，其實在台灣職場上，也滿常
見在名字後面加上什麼哥、什麼姐~
因為自己是菜鳥！總要給前輩一個尊稱~

從不說出口的真心話

許多人總搞不清楚日本人真正在想的東西是什麼，
只有真正跟日本人相處幾年後，
才能漸漸分清楚日本人話語中
「本音/建前」的差別。

本当に

真心話和場面話

研究日本文化的外國人，曾經指出日本人從江戶時代（1603-1868）起就具有的一個民族特色——他們認為日本人說話分「本音（ほんね）と建前（たてまえ）」（hon ne to tate mae），意思也就是「真心話和場面話」。

這個價值觀和概念隨著歷史的腳步，深植於日本人生活各個層面裡。人與人相處之間，為了避免衝突，會盡量把逆耳的話藏在心裡，不把真話說出來，因此許多人總搞不清楚日本人真正在想的東西是什麼。想要明白地分清楚「本音/建前」，只有真正跟日本人相處過幾年後，才能漸漸地比較不會覺得一頭霧水。

溫柔婉約的日本女性，更是不會把本音（ほんね）說出來，比如當她吃完飯後，匆匆忙忙地跟你說：「今日（きょう）は楽（たの）しかったね。」（kyou wa tano shi ka tta ne）（今天很開心耶。）聽到這句話時，千萬不要高興得太快，這也很有可能是婉轉地表示「謝謝再聯絡」，你要仔細地從她的表情和語氣上去揣摩。若你不信邪，再傻呼呼地打電話去約，包準得到的回答一定是：「我那天已經有約了……」此時就算你跟她約明年，她都會有禮貌地說：「已經有別的事了。」 這就叫建前（たてまえ），並不是真心話，而是出於善意，不想讓對方太難看而下不了台。

你是K. Y.嗎？

不只男女之間，一般的社交人際關係裡，也常會把本音（ほんね）藏起來。比如說到上司家裡去吃飯，他的太太煮了一鍋綠咖哩，明明就是色不美、味不香，但是體諒她辛苦地弄了一個早上，又為了自己未來的升遷……這時只好說：

「真好吃，太下飯了！我可以再來一碗嗎？」（おいしいですね、ごはんに合（あ）う！おかわりしてもいいですか？）
o i shi i de su ne go han ni a u o ka wa ri shi te mo i i de su ka

我想，當上司的太太笑得合不攏嘴時，上司一定會先用質疑的眼神跟你說本当（ほんとう）に？（真的嗎）然後認為你真是一個善解人意、討人喜歡的好孩子，這麼會看場面，說話又得體，把大生意交給你去談，一定會妥當的！下個月馬上就升課長！
hon tou ni

雖然人際交往中有分場面話和真心話，但是分不清楚的人也是很多。不會看場合說話的人，也就是台語俗稱的很「白目」的人，日語中稱之為空気（くうき）を読（よ）めない（白目），取兩個字頭的羅馬拼音，簡稱就叫K. Y.。
kuu ki wo yo me na i

日本高校女生最近很流行說：「あの人（ひと）は超（ちょう）K. Y.だね。」（那個人超白目的耶。）比如：向來溫柔的國文老師都在生氣了，調皮的男同學還繼續傳紙條，女同學就會冒出這句話。又比如：剛認識的日本朋友客套地對你說：「下次有空來家裡玩。」你若是莽撞加爽朗地馬上回答：「好啊好啊！我明天晚上就有空，七點可以嗎？」那你肯定會被歸為「K. Y.一族」的。須知那只是客氣的建前（たてまえ）罷了，你可別當真以為是本音（ほんね）啊！
a no hito wa chou K. Y. da ne

ほんとう
本当に
hon tou ni

真的嗎

會用到的場合

這句話你一定聽過！本当に 的發音，聽起來像是「紅豆泥」。我在台灣的朋友告訴我，我講中文時，口頭禪是「真的嗎？」我自己倒沒有發現，想來應該是受到日語的影響吧！因為我講日語的時候，超喜歡說本当に。這句實在是太方便了！可以應用在各種不同的場合和心情。

舉一個傷心三部曲的例子：阿雄聽到阿勇說自己喜歡的女生下個月要結婚了，第一時間他非常激動：「本当に！怎麼可能！」但是想想不對呀，明明上個月還一起吃浪漫晚餐，這一定是阿勇在開他玩笑，於是他懷疑地問阿勇，是不是在糊弄自己：「本当に？不會吧？」沒想到，阿勇斬釘截鐵地把喜帖拿出來，阿雄立刻陷入恍神狀態，知道一切都無法挽回了，只有喃喃地說：「本当に……是喔……」

1.阿雄和新認識的小姐，到了一個燈光好、氣氛佳的西餐廳……

小姐說：「其實我已經離婚了……」

阿雄驚訝地說：「**本当に！**」（本当に＝怎麼可能）

2.曉明放學回家，跟媽媽聊起今天在學校的事情……

曉明對媽媽說：「今天來學校教小朋友打棒球的叔叔，他說他叫鈴木一郎……」

媽媽半信半疑地說：「**本当に？不會吧！今天阿基師還來家裡教媽媽做滷肉飯呢……**」（本当に＝不會吧）

全日文進階註解

1. 雄君は新しく知り合った女の子と一緒にロマンチックなレストランにいきました…

女の子：「実は、私はバツ一なの…」

雄君は驚いて：「**本当に！**」

2. 放課後、あきくんはママと今日の学校の出来事を話していました。

あきくんはママに：「今日学校にきて野球を教えてくれたおじさんは、自分の名前は鈴木一郎だって…」

お母さんは半信半疑に：「**本当に**？まさか。実は、今日家で豚の角煮を教えてくださったのは料理の鉄人、阿基先生だよ…」

●補充：

離過一次婚叫バツ一（ba tsu ichi），離過兩次婚叫バツ二（ba tsu ni），以此類推。バツ是打叉叉，也就是是非題裡的那個圈圈叉叉的叉叉。現在離婚的人實在是太多了，所以便有這種委婉的說法。

依心情說出的「本当に」

語氣	日語	中文
驚訝的時候 （驚嘆號的紅豆泥）	本当（ほんとう）に！	真的嗎！怎麼可能！
懷疑的時候 （問號的紅豆泥）	本当（ほんとう）に？	真的嗎？你糊弄我的吧。
不知道要說什麼的時候 （點點點的紅豆泥）	本当（ほんとう）に…	是喔……真是醬子喔……

ほんとう
本当に

本当に
真的嗎

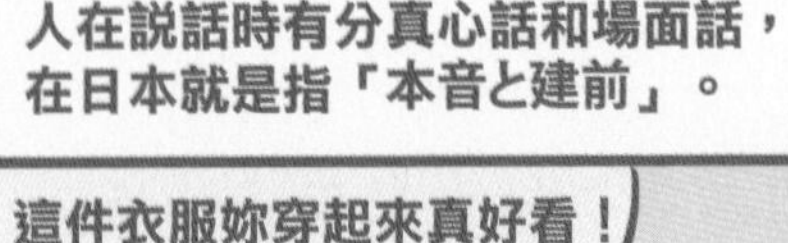
人在説話時有分真心話和場面話，
在日本就是指「本音と建前」。

這件衣服妳穿起來真好看！
這是架上最後一件了！
本当に?

香菇八點小劇場

開麥拉~

好久不見的學妹約我出來吃飯...
妳都沒什麼變耶！
ははは~
學長也是啊！

學妹依舊是這麼
可愛！

用完餐之後...
學長！
今天玩得
很愉快！
本当に?

那...那個！
快！快鼓起勇氣
約下一次約會吧！

好久不見的學妹...原來約我出來是別有目的的呀...

14 永續經營的「可愛」文化

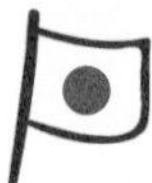

說到裝可愛，真的是可以叫日本女生第一名！
連藝人的包裝，也有「可愛」這個主流，
每個人都像從漫畫裡跑出來的一樣，
接近不可能再可愛的可愛。

Hello Kitty旋風

日本的可愛い（かわい ka wai i）文化，是大家有目共睹的。日本設計師村上隆曾和國際時尚品牌ＬＶ合作，讓圓圓的小娃娃在傳統的LV圖案上神氣活現，這股看似另類的時尚風格，旋風席捲全球，讓焦點更轉向位在亞洲的日本。

Hello Kitty，凱蒂貓，在日本暱稱為Kittyちゃん（chan）。它誕生於1976年，算一算已經是三十六歲的熟女了，在國外更是受到歡迎，還多次出現在當紅設計師的藝術作品之中。小女孩、大女孩，粉絲跨越世代，甚至是許多台灣歐巴桑（包括我媽）的最愛。我有個冷酷的律師朋友，平時決戰商場，時常到國外出差，但提的卻是粉紅色凱蒂貓的旅行箱，使用的東西也很多都是Hello Kitty。

在台灣，似乎還沒有人去創造一個卡通人物，認真長年地去培育，有計畫地發展周邊商品。那一隻沒有嘴的小貓咪，背後有強大的專業團隊，以高度的品牌經營概念，換裝變造型，出現在千百種的商品裡。聽說還有Kitty旅館，整間房子到處都是不同造型的Kitty，讓人為之瘋狂，吸引人的魔力比真人還厲害！仔細想一想，就算我再怎麼喜歡王力宏，也不會想住在到處都是布置著王力宏照片的旅館，洗完手用有王力宏照片的毛巾擦手、喝茶用有王力宏圖片的湯匙攪拌。

但在日本，所有觀光地都可以找到Kitty的蹤影，有紫色薰衣草Kitty、淺草觀音寺Kitty，甚至還有帝王蟹Kitty！不論是手帕、磁鐵，都可愛い（かわい）到無以復加，自己明明知道不能再買了，卻還是傻傻地掏出錢。

另一個可愛い(かわい)大本營是東京迪士尼樂園，雖然米奇和米妮誕生在美國，拿的應該是美國護照，但是迪士尼樂園在日本更受寵，是小朋友的最愛，更是年輕朋友約會的好去處、全家出遊的好所在。我幾乎去過全世界各地的迪士尼，可以斷言，東京迪士尼是最有歡樂氣氛的，每一個小角落都是精心的設計與安排。迪士尼樂園和海洋樂園，加上周邊的迪士尼飯店、小巨蛋、購物中心，甚至有迪士尼電車運行整個迪士尼王國，任何年齡的人在此都可以盡興，不過其中也許要歸功於一進去就頭上戴米妮髮箍、盡全力裝可愛的廣大日本女生。

日本女生最會裝可愛

說到裝可愛，真的是可以叫日本女生第一名！連藝人的包裝，也有「可愛い(かわい)」這個主流。早期的早安少女組モーニング娘(むすめ)(mo - nin gu musume)，再到最近的AKB 48，每個都像從漫畫裡跑出來一樣，不食人間煙火般地清純俏麗，接近不可能再可愛的可愛，讓我都忍不住覺得自己好比是恐龍時代的古人。

不過這些超級小美女們，也不是靠臉蛋一夕爆紅的，她們其實已經出道好一陣子了。我三年前看到AKB 48時，想著：這麼一大票人，怎麼表演啊？光集合點名四十八位小姐就很麻煩，跳舞跳到一半少一個人觀眾也不會知道，肯定紅不起來吧？但是沒想到，一分耕耘一分收穫，名氣一點一滴地累積，終於能驕傲地在2011年NHK紅白歌合戦(こうはくうたがっせん)(kou haku uta ga ssen)出場表演，這可是演藝界最高的榮譽。

她們呈現在大家眼前的可愛い(かわい)，絕對不是隨隨便便的，不是裙子穿短短、綁綁蝴蝶結就可以出名的，每個人一定都要接受嚴格的訓練，光鮮

亮麗的背後，也付出了不少的努力和淚水。栽培她們的經紀公司也很有耐
　　　　　　　　　　　　　　　　　　いち にち
心，知道羅馬不是一天造成的（ローマは一日にしてならず），能當
　　　　　　　　　　　　　　　　ro - ma wa ichi nichi ni shi te na ra zu
巨星，固然要有與生俱來的特質，但經紀公司後天的持續培養，不會為頭
一兩次初試啼聲失敗，就把她們三振出局さようなら，而繼續給予機會磨
　　　　　　　　　　　　　　　　　　　sa you na ra
練和嘗試，才能造就出亮眼的成功。

這也許可以給我們一些靈感。日本人在很多方面都有永續經營的想法，從企業人事管理的終身僱用制到電視綜藝節目，甚至是漫畫，都是朝
　　　　　　　　　　　　　　　　　　　　　　きた　くに
著永續的目標發展。以北海道富良野為場景的有名電視劇《北の国から》
　　　　　　　　　　　　　　　　　　　　　　kita no kuni ka ra
（從北國來），更是演了二十年（1981-2002，富士電視台）！收視率叫好又叫座，當初的稚氣童星吉岡秀隆，長大後也成為了一線男演員。

反觀台灣藝人經常會突然紅起來，又會突然消失；電視節目頻道多到數不清，卻三天兩頭換得很快；大街小巷的店面一時間賺不到錢就立刻關掉頂讓。其實，我們應該可以再多一些堅持，想想為什麼失敗，不要輕易放棄，也許很快就會倒吃甘蔗、漸入佳境。

補充說明：モーニング娘（むすめ），日語中的娘（むすめ）是女兒、小女生的意思，不是中文的「媽媽」。

天天會用的28句

かわい
可愛い
ka wai i

可愛

會用到的場合

這句話你一定聽過！日本女生會一邊尖叫，一邊說可愛い（かわい），誰教日本的小東西實在是太可愛了！我記得有一次在爬坡上京都清水寺（きょうときよみずでら / kyou to kiyo mizu dera）時，導遊竟然說附近太可怕危險了，請大家把眼睛閉起來。正在納悶為什麼，不會是有阿飄還是貞子吧……原來是因為兩邊有太多各式各樣的小店，進去任何一家都會迷失自己，一進去恐怕就會得失心瘋，出不來了。

其實不只是年輕女生，各個年代的人，包括男性也很常說可愛い（かわい），因為這句話用途實在太廣了。結婚前，若是剪了新髮型，男友會仔細欣賞之後，笑咪咪地說：「可愛い（かわい）。」結婚後，當我剪完頭髮回家，在玄關連鞋都還沒脫，老公便眼睛直視著電視的球賽說：「可愛い（かわい）、可愛い（かわい）。」反應之快，可見我平日訓練有素、管理有方，但是老公敷衍的程度，讓我又好氣又好笑。買東西拿給他看，不管是陶藝古董備前燒（びぜんやき / bi zen yaki），還是維多利亞的秘密內衣（Victoria's secret），他都是頭腦簡單地回一句：「おー、可愛い（かわい）ね。」（o - ka wai i ne）

1.阿雄和新認識的女生到迪士尼樂園看到了米老鼠，兩人異口同聲地說：「可愛い（かわい）！」（可愛い（かわい）＝可愛）

2.小玉看到新電視廣告裡的竹內結子，感覺她離婚後變得更漂亮了，不禁讚嘆說：「可愛い（かわい）！」（可愛い（かわい）＝可愛）

全日文進階註解

1. 雄君（ゆうくん）と新（あたら）しく知（し）り合（あ）った女（おんな）の子（こ）はディズニーランドでミッキーを見（み）て、二人（ふたり）で同時（どうじ）に「**かわいい～**」って言（い）いました。
2. こだまちゃんは新（あたら）しいコマーシャルに出（で）てきた竹内結子（たけうちゆうこ）を見（み）て、離婚後（りこんご）さらに美（うつく）しくなって、「**かわいい**」と絶賛（ぜっさん）しました。

かわい
可愛い

可愛い
可愛

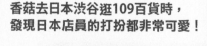

香菇去日本渋谷逛109百貨時，
發現日本店員的打扮都非常可愛！
綺麗~

當時很流行小碎花，
香菇曾在一家店看到一件
很可愛的小碎花洋裝...

Can I try?
OK！

試衣間裡面有大鏡子
ああああ!!

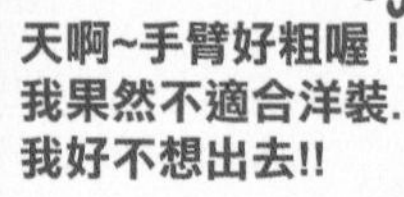
天啊~手臂好粗喔！
我果然不適合洋裝...
我好不想出去!!

OK?
啊...
OK！

打開

か~
......
え?

ははははは~
可愛い

屁啦…我怎麼看都是體育教練…！不要再用卡哇伊洗我腦了~~~！
可愛い？
問我嗎？

老姐！妳是我最信任的人！快説句公道話吧！

我覺得還不錯呀！
衣服…

好！買了！
非常容易被説服的人！
^^^^…
哼哼…反正妳不穿我還可以穿…

美味的日本料理

每個國家的料理，
飄洋過海後都會配合當地的口味而改變，
但是有一些道地的口味和學問，
真的是在地人才會知道的。

おいしい

吃壽司學問大

壽司是日本料理的代表，非常受歡迎，連英語字典裡都有sushi這個字。很多漫畫迷都看過《將太的壽司》，裡面就生動地描繪了關於壽司的學問。

有一次我在美國休士頓的餐館點了壽司定食，結果竟然來了八個握壽司、味噌湯，還有一碗白飯。我先生笑到不能自已，但是我嘲笑他說：「你們日本人不也是吃拉麵配白飯，鍋貼定食也會附一碗白飯嗎？」

每個國家的料理，飄洋過海後都會配合當地的口味而改變，但是有一些道地的口味和學問，真的是在地人才會知道的。

大學時的我吃壽司時，還吃不出什麼是上等壽司，只覺得「松竹梅」都差不多，不就是一片魚加一口飯？後來跟著幾位「生命中的過客」，去過一些真正日本口味的地方後，嘴巴便學聰明了，能非常明白地分出美味和不美味的壽司。不過我還是想不通，為什麼壽司會這麼好吃呢？不就是一片魚加一口飯嗎？

真正高級的壽司店，並不會一次上來一整盤的壽司，而是會依照客人吃的速度，一個一個地做給你吃，所以我通常都會選カウンター席（せき）(ka un ta - seki)（吧台），坐在英挺有型的師傅前面，看師傅用熟練的技巧捏好一個壽司，然後放在我前面的「葉子」裡。對，沒錯，高級的壽司店通常不用盤子，都是用一片竹葉作為盛器，而且老饕也不會使用筷子，會直接用手拿起壽

司，並以食指固定好魚肉那一面，沾一點醬油（沾魚肉，不是沾飯），然後一口吃掉。嗯～おいしい(o i shi i)～

在台灣的日本料理店，我們很常吃到一種東西叫蘆筍手捲（手巻き寿司(てまきずし te ma ki zu shi)），就是用大張海苔，包五到六根蘆筍，再擠上好多圈美乃滋、撒上很多三島香鬆，捲起來放在像筆筒的木製架子上。我小時候非常愛吃手捲，家裡偶爾也會自己做，媽媽還會加料放一些白飯，就當作是一餐了。長大後到日本，想要點一個道地的蘆筍手捲來吃吃看，發現竟然到處找不到，最常見的手捲只有ねぎトロ(ne gi to ro)，包的是磨成醬的鮪魚肚加新鮮的綠蔥。後來問了幾個日本同事才知道，日本沒有蘆筍手捲，原來蘆筍手捲是台灣發明的！真是太厲害了！

雖然找不到我喜歡的蘆筍手捲，但道地的日本壽司仍是讓我愛不釋口，尤其是白身(しろみ shiro mi)（白肉魚）和赤身(あかみ aka mi)（紅肉魚）。所謂的白肉魚，魚肉本身比較沒有魚腥味，口感很高尚，而赤身(あかみ)最具代表性的則是鼎鼎大名的まぐろ(ma gu ro)（鮪魚）和トロ(to ro)（鮪魚肚）。常有人問我，まぐろ和トロ有什麼不同？我會很認真地回答他們，最大的不同就是我只吃トロ，不吃まぐろ。兩者雖然都屬於赤身(あかみ)，但是口感實在是差太多了！まぐろ的肉很紅，有一點透明，看起來很不自然，讓我沒有胃口；但是トロ的顏色就非常漂亮，是很溫暖的粉紅色，加上雪白色的條紋，光用看的就讓人垂涎欲滴。トロ還有細分中トロ(ちゅうとろ cyuu to ro)（中鮪魚肚）和大トロ(おおとろ oo to ro)（大鮪魚肚），我最喜歡的是中トロ，很有幸福的飽足感，又不會太膩。真想現在就來一片！

ひかりもの(hi ka ri mo no)（亮皮的），就是魚皮會銀亮亮的魚，像鯖(さば saba)（青花魚），但口味比較重，所以上面會放一點薑末去腥味。

小玉私房菜單

下頁的表格會跟大家介紹我常點的壽司ネタ（ne ta）（種類），大家一起來學學，說不定很快就用得到喔！而且剛認識的朋友之間，若沒什麼話好聊，也可問問看對方壽司喜歡吃哪一種魚：「どのネタがお好（この）みですか？（do no ne ta ga o kono mi de su ka）」聽說這種喜好還可以分析出個性呢！

補充一個我每次必點的日本料理，えんがわ炙（あぶ）り（en ga wa abu ri）（魚緣側炙燒）。炙（あぶ）り就是用瓦斯槍在魚肉上很酷地比畫兩下，稍微烤一烤，做法像是法國焦糖脆皮烤布蕾（cream brulee）一樣，馬上香味四溢。えんがわ（en ga wa）雖然是白（しろ）身（み），但是有很綿密的口感，我通常會滴上幾滴すだち（su da chi）（金桔）提味，讓清新的香味使魚肉更爽口。

日本大部分的壽司店會把今天的おすすめ（o su su me）（推薦）寫在牆上，通常都是很新鮮又是大量進貨的食材。假如拿不定主意要吃什麼，就從貼在牆上的菜單挑選，應該就不會有錯了。我特別喜歡有寫「活（かつ）（katsu）」的料理，這表示魚是活跳跳的，不是冷凍過的，雖然價位偏高，但是保證一定很美味，像活平目（かつひらめ）（katsu hira me）就是我的最愛之一。正如台灣海產店的現撈海鮮，不用說那一定是超（ちょう）おいしい（chou o i shi i）（超美味）的。

壽司的常見做法

日語	讀法	解釋
にぎり寿司（ずし）	ni gi ri zu shi	握壽司（一片魚＋一口飯）
手巻（てま）き寿司（ずし）	te ma ki zu shi	手捲
ちらし寿司（ずし）	chi ra shi zu shi	散壽司（把魚切小塊塊的放在醋飯上）
のり巻（ま）き	no ri ma ki	海苔捲
稲荷（いなり）寿司（ずし）	i na ri zu shi	豆皮壽司

＊平常在台灣便利超商賣的三角飯糰屬於おにぎり（o ni gi ri）（飯糰），前面有多加一個「お（o）」。

握壽司菜單（にぎり寿司のメニュー）

日語	讀法	中文
平目（ひらめ）	hi ra me	平目
甘エビ（あま）	a ma e bi	甜蝦
鯛（たい）	ta i	鯛魚
まぐろ	ma gu ro	鮪魚
トロ	to ro	鮪魚肚
ホタテ	ho ta te	干貝
うに	u ni	海膽
かに	ka ni	螃蟹
穴子（あなご）	a na go	鰻魚
玉子（たまご）	ta ma go	蛋
いか	i ka	花枝
しゃけ	sya ke	鮭魚
鯖（さば）	sa ba	青花魚

おいしい

o i shi i

好吃

會用到的場合

這句話你一定聽過！看日本美食節目中，那些試吃的人在嘗了一口食物後，一定卯足了勁，擠出一個「好好吃」的表情，然後開口說：おいしい。建議大家吃到美味東西時，不妨來一句おいしい來表達心中的激動。我是一個貪吃鬼，喜歡到處吃吃喝喝，おいしい這句話更是無時無刻掛在嘴邊。

提醒大家一下，第13章曾說到日本人的「本音と建前」（ほんねとたてまえ hon ne to tate mae）（真心話和場面話），一般人大多不喜歡聽刺耳的實話，所以當別人請你吃東西時，不論你心裡真正覺得如何，一定要先來一句おいしい暖場，才會得人疼。

此外，你也可以說うまい（u ma i），這也一樣是好吃的意思，但聽起來比較阿莎力，有男子氣概，比較屬於男性用。女性可以在語尾加上「わ」（wa），おいしいわ（o i shi i wa），溫柔加分，聽起來真的有很好吃的感覺。另外再介紹一個典型的做作講法，是許多自認為美少女的女孩子在吃完一口冰淇淋或蛋糕時會用的，那就是把お・い・し・い一個字一個字分開慢慢講，最後再把頭歪一下，擺個POSE。（哇！真的好做作喔！）

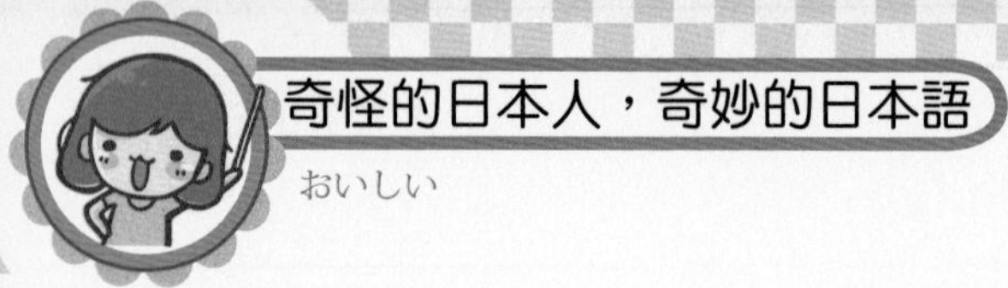

圖解說明

男性

中性

女性

做作的小女生

1.阿雄和新認識的女生到台中夜市吃鱔魚麵，兩人異口同聲地說：「おいしい！」（おいしい＝好吃）

2.小玉生氣的時候就會跑去吃河豚（ふぐ fu gu），一下子就把烏煙瘴氣的事忘光光，只會滿意地傻笑說：「おいしい！」（おいしい＝好吃）

1. 雄君は新しく知り合った女の子と一緒に、台中の夜市に穴子焼きそばを食べに行きました。二人は同時に「**おいしい**」と言いました。

2. 玉ちゃんは怒っているときに、ふぐを食べさせたら、すべていやなことをわすれて、満足そうな笑顔で「**おいしい**」としか言わない。

おいしい

おいしい 好吃

說到日本食物常常都讓人想到拉麵、生魚片、握壽司、秋刀魚...等等！

おいしい！

香菇去日本的時候，也不例外地要吃當地的壽司！

哇～這家店是要站著吃壽司耶...好特別喔！而且店面還滿小的...
うに
しゃけ
まぐろ
老姐

都是日文的菜單...
うに
しゃけ
まぐろ
啊~看到鮭魚了！

ㄟ斗...摳勒摳勒！
※那個...這個這個！
OK！
うに
しゃけ
まぐろ

芥末咧...

後來師父比手畫腳告訴我們，那粉是泡茶用的...

16 日本教育大不同

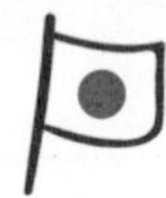

日本的教育觀念是——
以讚美代替打罵，凡事用誇獎代替責備！
先觀察孩子做了什麼，而不是沒做什麼。

すごい

教育媽媽

身為混血兒的媽媽應該會面臨的問題之一，就是兩個國家不同的教養方式。我的大兒子出生後一直住在日本，直到上大班的年紀，我才讓他回台灣唸幼稚園。那時候起，我接觸到許多熱心教育的媽媽，日語便把這群對教育非常重視狂熱的母親，稱為教育ママ（きょういく kyou iku ma ma）。

記得有一次去上游泳課時，一群媽媽排排坐在大玻璃窗外，旁邊還有許多兩三歲的小小孩跑來跑去。有一位媽媽看到我和小兒子「溝通」了很久，都還沒有發飆，於是跟我說：「妳脾氣真好，這麼有耐心，都不會罵小孩子。」我卻跟她說：「其實，我每天忍到快要內出血了！但是沒辦法，他的阿爸是日本人，不流行罵小孩，我才稍微大聲一點點，他就快凍抹條，對我說：『有事慢慢講，一切都好商量。』」

我放眼望過去，環顧四周，此時叫罵聲不斷——

「叫你快點啦！」「你頭髮是要不要吹？」「幹什麼啦！不要趴在地上啦！」「你幹嘛搶人家的東西？」小孩罵完，順口還要罵一下旁邊的家長：「小姐，這是我先占的位子耶！」

也許是中文的特性，這些應該是熱心教育、肯花時間把小孩送去上才藝班的家長，說話時語尾通常會加上不耐煩的「啦」，口頭禪是「快點快點」。我對這樣的表達方式並不陌生，在台灣住久了，也開始「啦」來「啦」去，一直說「快點快點」，結果弄得自己很煩躁，小朋友卻一點也沒有快起來。我想，要培養有耐心、專注的孩子，第一件事就是必須禁口，不要再說「快點快點」。

有一次幼稚園舉辦發表會時，小班的小朋友們正努力地跳舞，其中一個小朋友突然不跳了，站在那裡，我便聽到許多家長開始嘰嘰喳喳地說：「你看，那一個停下來了耶！沒在跳……怎麼辦？」大家瞬間就把焦點轉向一個沒跳好的小孩身上。當場，我替剩下那十五個很認真跳的小朋友感到非常惋惜，大家不是該往好處看嗎？

早期在台灣，父母認為小孩子乖是應該的，考一百分是應該的，不及格就是該打！那個年代流行的是沉默威嚴的父親，考前三名，也頂多點點頭而已。如今時代已經變了，這樣的親子關係一定也少了，現在只要小朋友自己能把飯吃完，「把拔」就會馬上說：「好棒喔！すごい！」
su go i

日本教育的基本觀念是：ほめて伸(の)びる（誇獎成長術），以讚美代替打罵，凡事用誇獎代替責備，先觀察孩子做了什麼，而不是沒做什麼。
ho me te no bi ru
也就是說，先誇獎他已經吃了五分之一碗飯，而不是罵他為什麼吃一個小時，還有五分之四的飯都沒吃完。

以讚美代替責備

在學校裡，老師是不會（不可以）打學生的，一出手體罰，事情就大條了，肯定會被懲戒，送到教育委員會去。

我在日本學校教書的那幾年，學了不少如何誇獎小朋友的日語，有不少是從我大兒子的日本幼稚園老師身上學來的，都是非常實用的誇獎單字，想學嘴巴甜的話，請參照一下後面的表格。

我懷疑過，老師們是不是也刻意地惡補過讚美話大全？但是要用哪一句，也是要先想一想才行。我先仔細找出學生的優點，觀察哪裡值得誇獎，不論有多微小的事都好，可最重要的是態度要誠懇，絕不能看起來作假。真的找不到可以稱讚的地方時，我便會開玩笑地對英語不靈光的學生說：「哇！你日語說得好好喔！すごい！」他們也會笑得合不攏嘴。但是想想也沒錯喔！因為比起我來，日本學生的日語的確是厲害許多。

這樣的讚美專業訓練，也讓我改變了一些人生的態度，學會看事情盡量去看光明面，找出值得讓自己慶幸的事。

我老公說過，不只是小孩，連男人都適用ほめて伸（の）びる！顯然是在暗示我：他也想被誇獎，這樣才會有進步的空間，才會越做越好，洗碗會洗得比較心甘情願，倒垃圾也會健步如飛。可是，當我望著客廳裡到處亂丟的衣服和東西，已經快看不到地上是鋪地毯還是鋪磁磚時，這這這……我該從何誇獎起啊？難道要說：「你衣服擺放得很有藝術感，すごいね（su go i ne）！但是收好會更有品味。」其實，對付像他這樣講不聽的大人，我還是選擇傳統簡潔有力的方式，給他五個字：「快去給我收！」

我的讚美常用語

日語	讀法	解釋
すごい	su go i	好厲害
すばらしい	su ba ra shi i	好了不起
えらい	e ra i	好棒
やさしい	ya sa shi i	人好好喔
かっこいい	ka kko i i	好酷
じょうず	jou zu	好會
よくできた	yo ku de ki ta	做得好
よくがんばった	yo ku gan ba tta	做得好努力
元気(げんき)いっぱい	gen ki i ppa i	好有精神
りっぱだなあ	ri ppa da na a	好威風喔
いっしょけんめいだね	i ssyo ken me i da ne	好認真喔

*反應快的讀者，是不是好奇這些讚美的話，看起來好像可以用在「愛愛」的時候。還真是舉一反三，太冰雪聰明了，給你A++。

すごい

su go i

好棒/好厲害

會用到的場合

這句話你一定聽過！這是一句好話，希望大家能常常掛在嘴邊，互相讚美，提供生活的原動力。可愛(かわ)い(ka wai i)、おいしい(o i shi i)、すごい，這三個詞，是融入日本生活文化的關鍵字，可以多多善用喔。

好話大家都喜歡聽，小寶寶學走路，看到媽媽說すごい的興奮表情，一下子就會健步如飛；小男生彈鋼琴，誇獎他すごい，沒多久他可能就會彈柴可夫斯基；誇讚大男人說他すごい，就會讓他每晚都……嘿嘿！

我們知道日本女生說話喜歡在語尾加上~ね(ne)，日本青少年則喜歡在形容詞後面加上~っす(ssu)或是っすね(ssu ne)，說成すごいっす(su go i ssu)，特別是中學或高校棒球隊的男生。我剛知道這個用法時，覺得很好玩，有一陣子很喜歡模仿這個語氣，結果被我老公嫌棄，叫我不要再學了，因為實在是太不像女生了！

- ●厲害　すごい　→ すごいっす (su go i ssu)
- ●很好　いい　→ いいっすね (i i ssu ne)
- ●好吃　おいしい → おいしいっすね (o i shi i ssu ne)

すごい

前陣子，臉書上流傳一則漫畫，上面說一個男生分別在接到女朋友和自己兄弟電話時，說的是同一件事，但是語氣完全不同。日語雖然沒有這麼誇張，但是因應身分關係不同，句子就會完全不一樣，若是沒有禮貌地亂用，是很失禮而且沒有教養的。語言是很微妙的東西，尤其是對男生朋友和女生朋友的差別最大……

1.阿雄看到新認識的女生在織圍巾給他，激動地說：**「すごいね！」**（すごいね＝好棒）

2.阿雄和好朋友阿勇看到高聳入天的Sky Tree，激動地說：**「哇靠！すごいっす！」**（すごいっす＝有夠給它厲害的啦）

全日文進階註解

1. 雄君(ゆうくん)は新(あたら)しく知(し)り合(あ)った女(おんな)の子(こ)が編(あ)んだマフラーをみて、**「すごいね」**と言(い)いました。

2. 雄君(ゆうくん)と仲良(なかよ)しの勇君(いさむくん)は高(たか)いスカイツリーを見(み)て、興奮(こうふん)して「ゲー！**すごいっす**」と言(い)いました。」

●補充：

Sky Tree——スカイツリー(su ka i tsu ri -)東京晴空塔，是東京的新地標，將近東京鐵塔的兩倍高。高六百三十四公尺，但是只有三十一樓，台北101則是五百一十公尺。2012年已經完工，受到世界的注目，為災後重建的日本注入一股新元氣。地點在靠近淺草的地區，車站名：東京(とうきゅう tou kyuu)スカイツリー駅(えき)(su ka i tsu ri - eki)(Tokyo Sky Tree Station）。裡面有一座叫做そらまち(so ra ma chi)（天空之城）的購物中心，共有三百一十二家店鋪，還有小朋友和情侶最喜歡的水族館和浪漫的天文星象館，不管下班後去喝一杯，或是去美容院做做指甲，應有盡有，比以前東京鐵塔多了許多娛樂休閒的好去處。

すごい

すごい
好棒／好厲害

日本教育的基本觀念是盡量以讚美代替打罵，凡事用誇獎代替責備，稱之為「誇獎成長術」。

老師對小孩使用誇獎成長術Lv.10

誇獎成長術Lv.10!

活力 UP!

MP UP!

在台灣則是常常看到媽媽在街上或者是超市罵小孩的戲碼...
快起來啦...
這不是肯德基！
這不是肯德基！
ああああ!!
媽媽~我要買這個！
給我放回去!!

香菇八點小劇場

開麥拉~

老師!!
我畫好了！
老師看看

か~
・・・・・・

すごい
可是為什麼是
藍藍的臉呢?
是納美人嗎？
驚!

難道...
我畫的不好嗎...?

我怎麼可以質疑小孩
的天分？說不定這團藍
藍的東西就是她心目中
老師的樣子呀！
妳畫得很棒啊!!
すごい

其實....
我畫的是小叮噹！
え?
哇~畫得真好！
好像呀！
咦?
主題不是
老師嗎?

喜歡就是愛

日本人表達感情的方式很單純，
一開始告白就會開門見山地說「好きです」，
而台灣人印象比較深的「愛してる」，
只有在生離死別的時候才會說。

好きです

おは！

我的日本情人

每一個國家表現愛的方式都不同，相對地在語言傳達程度上，也會不一樣。和不同國家的人談戀愛時，若是單純地以自己的文化標準來表現，有時可能會拿捏不準對方對自己的愛，以致身在福中不知福；相反的情況還會更糟，比如會錯意，或是自作多情。日本人表達感情的方式就很單純，一開始告白時就會開門見山地說：好きです（喜歡你）。

很多年前，在皎潔的月光下，我和一個日本男生，兩人手牽著手在彩虹大橋下散步時，突然對方就說了一句好きです。我當下很疑惑，在一起這麼久，就只有這樣？我心想既然只單單說喜歡我，可能只是玩玩的意思，於是我也很隨興，沒想到對方卻是認真的。過了幾年後，我才充分了解到，日語中的好きです不只是喜歡，已經有很愛的意思了，這句話是不會有事沒事隨口說說的。而台灣人印象比較深的愛してる，大部分只有在生離死別的時候才會說，像日劇裡的女主角得了絕症，便會兩個人緊握雙手，含淚脫口而出。日本人並不像美國人一樣，一天到晚都說：Baby，I love you～，每天睡覺前道晚安時來一句，出門說掰掰時也來一句，甚至掛電話之前也要來一句。

假如妳的日本情人不是情場老手，又生性敦實憨厚，那麼當他認真地向妳說愛してる時，這句話就有宣誓性的意義，妳就可以準備去拍婚紗照了。但若妳對他沒意思，妳可能要想一百個超婉轉，且具有說服力的分手

理由才行。想不出來，也可以上網查查看，各式各樣你想都沒想過的理由非常多。換句話說，若是沒有很肯定對方的心意，頂多說說好(す)きです就好了，千萬不要用愛(あい)してる把對方嚇跑了。

雖然日本人比較含蓄，不常把好(す)きです掛在嘴上，但是經過我精心調教，配合台灣的風土民情，我家那口子是想聽就會說給我聽，就像投幣式自動販賣機一樣。但最近聽起來似乎有點敷衍，看來要好好地再幫他複習一下「跨國婚姻指導要領」，把螺絲拴緊一點。

充滿愛意的「好きです」

順便一提，不知道你有沒有注意到好(す)きです這句話既沒有主詞也沒有受詞？對比中文的「我喜歡你」，說出來的只有「喜歡」兩個字而已，省略了主詞的「我」和受詞的 「你」。愛(あい)してる也是一樣，按字面翻成中文只有「愛」一個字，不過這並不是因為日本人害羞，或是瞎混蒙騙，而是日語中的一大特色就是省略主詞。

比方說：何(なに)しているの？（nani shi te i ru no）〔（你）在幹嘛？〕、ご飯(はん)を食(た)べている（go han wo ta be te i ru）〔（我）在吃飯〕，都是省略主詞的常用語。因為主詞被省略，即使被說喜歡，聽起來有點搔不到癢處，但是了解了日語的獨特表現之後，應該還是能感受到滿滿的愛意！

好(す)きです

su ki de su

喜歡（現在式；敬語表現）

會用到的場合

這句話你一定聽過！在詳細說明之前，要先恭喜你，因為懂了です(de su)，這表示你已經進步到一定程度了。這一章，我們來認識一下鼎鼎有名的です，這是日語文法中最重要的概念之一。語言學上，因此把日語分類為「粘著語」。

です是用來表示時態的現在式和敬體，也就是比較有禮貌的說法，過去式則是用でした(de shi ta)。

- 好きです → 現在喜歡你
- 好きでした → 以前喜歡你

補充說明：在語法的分類上，中文則是屬於孤立語。

現在式和過去式

全世界的外國人都會說中文難學，其實倒不盡然，因為中文的動詞都是不變的，沒有時態的分別，只需要加上一個時間副詞，表示「昨天」或是「今天」或是「明天」，就可以知道動詞要表示的時態是哪一種。

學過英語的人都知道，英語的動詞會有時態變化，有分現在式和過去式，還有規則動詞、不規則動詞等。日語也是一樣的，有現在和過去之分，但是很簡單，不像英語一樣複雜，只要加上です就表示是現在，加上でした就代表過去。比如說，總經理問你：「昨天送來的那一箱青森蘋果，怎麼只剩下幾個？」

總經理問你	雙語例句日語	時式
你昨天拿幾個去吃？	5個でした de shi ta	過去式
現在桌上還剩幾個？	2個です de su	現在式

敬體和常體

相對於敬體(です)的常體(だ da)，是和較熟稔的朋友說話時用的。日本所有的語彙都有禮貌與否的差別，因此由語言中便可見到文化價值觀對身分尊卑的重視。聽起來有點難懂抽象嗎？請看下面的例子。

和中文用法來做比較，中文的「蘋果」(りんご rin go)就是「蘋果」，若中秋節有人送來一大盒蘋果，當總經理問你時，你會說「蘋果」，剛畢業的打工小妹問你，你也是說「蘋果」。

但是日語就不是這樣了，你必須依照提問的對象是誰，在「蘋果」後面加上一個表示尊或卑的語尾。

若是德川家康問你，你就要用最高敬語：りんごでございます(rin go de go za i ma su)。但因為這情況不常發生，所以在日常生活中比較少用到。

誰問你？	日語回答方式		
總經理	りんご rin go	です de su	敬體
小妹	りんご	だ da	常體
徳川家康将軍	りんご	でございます de go za i ma su	最高敬語

1.阿雄終於對新認識的小姐說：「好(す)きです。」（好(す)きです＝我喜歡妳）

2.阿雄對想要破鏡重圓的小美說：「好(す)きでしたけど，但那已經是過去式了！」（好(す)きでしたけど＝我雖然曾經喜歡妳）
su ki de shi ta ke do

PS. けど是日語中常用的口語表現，代表「雖然」。

全日文進階註解

1. 雄君(ゆうくん)はやっと新(あたら)しく知(し)り合(あ)った女(おんな)の子(こ)に告白(こくはく)しました：「**好(す)きです。**」

2. 仲直(なかなお)りしたがっているみみちゃんに雄君(ゆうくん)は：「**好(す)きでしたけど、でもそれはもう過去(かこ)のことです！**」

好(す)き	です	現在式（包含未來）
好(す)き	でした	過去式

好(す)きです

好きです
喜歡

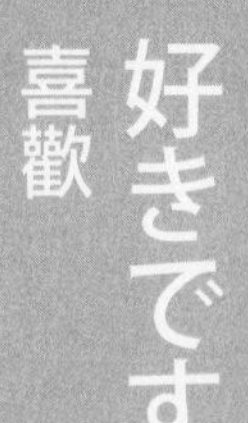

說到日本人告白，就會想到漫畫中常常有鞋櫃裡藏著神祕小卡片的情景...
え？
!!

日劇或是漫畫都會有告白的場景，他們都是直接跟喜歡的人面對面直接告白...

覺得超有勇氣的！現在科技發達...大部分都是用APP或是MSN線上告白比較多...
可是萬一被拒絕，對方存有歷史紀錄，每年都拿出來笑你不是很糗？

通常告白的節日都會選在情人節，在日本2/14號是女生做巧克力給喜歡的男生或朋友（所謂義理チョコ）。

然後到了3/14號，則是由男生回禮給女生。

如果是在台灣的話...
2/14
情人節

3/14
白色情人節

都是男生送東西給女生...台灣男生真逼哀XDD

香菇在七夕的時候，
自己動手做了巧克力
要給大牌~
攪拌
模型

!!
わあああぁ!!

這...這不是日文「人情巧克力」
的意思嗎!?
義理チョコ
義理チョコ
我買的時候怎麼沒發現？

不過還好是暑假的時候...
大牌拿到的時候...
豔陽高照~
え?
融化了~

委婉的說話術

日本人在對話時，
不論男女都會不停地點頭稱是，
幾乎到了有點誇張的程度，連講電話時也是一樣，
彷彿對方就坐在自己面前。

そうですね

賢淑溫柔的日本女人

在學習一種語言的過程中，即使會話能力很強，但是若沒有掌握到該民族的特性，可能還是無法真正融入，交到當地知心的好友，畢竟每個民族（國家）在說話的習性上都不盡相同，A民族的說話方式可能在B民族會被視為無禮的行為。

我在美國念研究所的時候，和別人說話時總是專心地看著對方的眼睛，安靜地聽對方說，不插嘴、不打斷別人的話。但是對日本人來說，直視對方的眼睛會有壓迫感，有質問逼供的味道，而安靜不搭腔，又給人好像沒在聽的感覺，或者不以為然的樣子。

日本人說話時是不會直接看對方眼睛的，說話的內容也不直接點破。像我老公很少直接要我不要怎樣怎樣……他比較喜歡說：「お勧（すす）めしない。」(o susu me shi na i)（我不建議妳這麼做耶。）他說話的時候也常會用問句，比方在吃飯的時候，他會說：「お箸（はし）もらっていい？」(o hashi mo ra tte i i)（給我筷子好不好？）而要去洗澡的時候會說：「お風呂（ふろ）入（はい）っていい？」(o fu ro hai tte i i)（我可以去洗澡嗎？）所有的句子都會用問句來緩和語氣，以表示委婉。以前我會馬上不客氣地回以台式問句：「筷子在哪裡你不知道嗎？」現在則比較客氣了，會說：「我在忙，自己去拿。」

不過，當我們回婆婆家吃飯時，他竟然常只有使用短短的單字來說話，好像在下命令一樣，如：「お母(かあ)さん、箸(はし)。」(o kaa san hashi)（媽，筷子。）「お母(かあ)さん、風呂(ふろ)。」(o kaa san fu ro)（媽，洗澡水。）我聽了真是一肚子火，怎麼可以對自己的媽媽這樣說話？

但是，婆婆似乎一點也不以為意，連忙說：「哦！筷子嗎？來了來了。ごめんね。」(go men ne) 還道歉說不好意思？真不愧是阿信國出身的賢淑女性。

後來，我語重心長地「說」了一下這露出真面目的阿信國大男人，然後規定他，在小孩面前一定要使用正確標準的日語，以免教壞孩子，作壞榜樣。

そうですね

sou de su ne

對呀/這樣子喔

會用到的場合

這句話你一定聽過！日本人在對話時，不論男女，都會不停地點頭稱是，幾乎到了有點誇張的程度，一直說：そうですね（sou de su ne）、そうですね。很多搞笑短劇特別喜歡模仿日本人一直ね（ne）、ね（ne）、ね（ne）～的說話習慣。更好笑的是，在現實生活中，日本人連講電話都會頻頻點頭，彷彿對方就坐在自己面前。

像這樣的搭腔，原本中文中並不常見，但是網路、簡訊的興起，最近流行的「是喔」、「醬子喔」、「嗯嗯」這些網路交談所發明的新世代語言，都可歸類為一種搭腔。因為在網路上交談是看不到對方的，所以就會出現很多用於搭腔的單字，來告訴對方「我在線上，我有在聽喔」，這些用語在日語中就叫相（あい）づち（ai zu chi），在彼此對話的時候，用來表示對對方的尊重和禮貌，這是很重要的語言習慣。

不同的語意表現

如果把そうですね最後面的ね換成か(ka)、よ(yo)，分別會有不同的語意表現。例如：

阿勇一早急急忙忙地衝進辦公室，向大家報告說：「公司來了一個年輕貌美的總機小姐唷！」大家基本上都會回應そうです，用語雖然都很相近，但因為最後的語尾是か、よ、ね、よね(yo ne)而表達出來的語意，卻是不盡然相同的，甚至於か這個字，還會因為說話的語氣是上揚或下降，表達出不一樣的意思。

所以，我們會發現大家其實都各有所思……中年危機的課長、新來的小弟、高傲的女組長、八卦的阿勇和他的換帖兄弟阿雄，他們心裡真正在想的是什麼？

角色	台詞/讀法	中文（表面說的）	內心獨白（實際想的）
課長	そうですか↘ sou de su ka (語氣下降)	這樣子啊 (很好很好)	由於自己是上司的身分，只能表現低調，在心裡暗笑，待會再找機會去看一下有多水噹噹。
小弟	そうですか↗ sou de su ka (語氣上揚)	真的是這樣嗎？ (太好了)	自己還沒看過，想到終於有美貌的女同事，非常興奮。
女組長	そうですね sou de su ne	嗯 (還好啦)	自己有看過，覺得不怎麼樣，但又不想露出壞心眼，只好隨便附和。
阿勇	そうですよね sou de su yo ne	真的是這樣啦 (你說是吧)	聽到壞心眼女組長不予置評的回應，急忙找換帖阿雄來背書。
阿雄	そうですよ sou de su yo	真的是這樣喔 (沒騙你喔)	阿雄自己有看過，而且是換帖兄弟阿勇說的，極力附和。

1.阿雄的媽媽倒完垃圾，聽對面的勇媽抱怨說阿勇過年都沒回來，太不孝了！雄媽不知道該說什麼，只能小聲附和地說：「**そうですね。**」

（そうですね＝嗯）

2.向井被問到和朱莉拍新電視劇的感想時……

向井：「**そうですね、朱莉さんは可愛いですよ。**」

（そうですね＝對呀）

全日文進階註解

1. 雄君のお母さんがゴミを捨てにいった時、隣に住んでいる勇君のお母さんがいいました、「勇はお正月の時、ぜんぜん帰ってきてくれなかった。本当に親不孝者です。」雄君のお母さんは小さい声で、「**そうですね**」としか言えません。

2. 向井はじゅりさんと一緒の新しいドラマ撮影の感想を聞かれました…
向井：「**そうですね、じゅりさんはかわいいですよ。**」

そうですね

そうですね
對呀／這樣子喔

一般會用到的場合，大概就是附和別人的話時，像そうですか隨著語調上升或降調會有不同含意～

そうです
最後的語尾如果是
か、よ、ね、よね
表達出來的意思就不盡相同～

附和別人的用語，假使是在台灣的通訊軟體的話，情形大概就如下：

正妹在耶！來敲她~
阿宅：哈囉~妳在喔？今天會很累嗎？

正妹：嗯嗯
阿宅：我跟妳說喔！我今天發生一件好笑的事情~~
登登登~
...不是都回答他很累了嗎...?

正妹：呵呵
唏
我還沒說她就先笑了！
這是所謂的心有靈犀嗎!?

正妹：去洗澡
阿宅：喔...那我下次再告訴妳~^^
嘖！快顯示離線...

所謂正妹有三寶：
嗯嗯、呵呵、去洗澡~

現在智慧型手機都有通訊軟體，又更方便了~~
登登登~
00:34
廖大牌
廖大牌
妳要睡了嗎
00:23
已讀
00:34
傳送

登登登~
00:35
廖大牌
已讀
00:34
廖大牌
そうですか
00:35
廖大牌
嗯~晚安囉！
00:35
傳送

ㄟㄟㄟ...

智慧型手機的通訊軟體可以不用打字，直接用圖打發就可以了XDD
……
繼續玩我的惡靈古堡...
BIOHAZARD
わははは~

你也能成為日本通

「どこですか」這句話學會以後，
就能問路人什麼地方在哪裡，真的是太實用了！
比學會說「你好/再見」更有建設性！

在日本不會迷路的祕訣

在日本自助旅行可以很輕鬆，不論是要找車站、想上洗手間、想到表参道喝咖啡，或是去築地吃壽司，只要找不到地方就可以問路人，所以問路的日語一定要背起來──～どこですか？（在哪裡？）

其實在日本要找一個地址不太容易，因為日本不像台灣把地址分得那麼清楚，有路名、分幾段，或一邊單號、一邊雙號，只要照順序地一間一間找一定可以找到。日本是分「丁目」，也就是一個區塊，很類似英文的block，不過說實在的，這種形式的地址還滿難找的。你要去一個地方，除了要確定是到哪一個車站，最好還要知道是幾號出口，不然日本許多車站，像新宿、東京都有十幾個出口，大得難以想像，若是出錯出口，可能會繞一大圈，或是方向完全相反錯誤。比方說，和朋友約在浅草駅時，要先確認一下是哪一條路線，因為銀座線和筑波エクスプレス（TX, Tsukuba Express，筑波快速線）兩條捷運都有浅草駅，雖然名字相同，距離卻差很遠，若是弄錯了，就得走很長一段路。

生活在東京的人無可避免要在好幾十條路線之間轉乘來、轉乘去，每次要和朋友約在一個新的地方碰面，我就必須上網查詢轉乘路線，不過只要輸入出發或抵達的站名，就會出現各種路線選擇，不管是依照所需時間長短，或是依照轉乘次數都有，還有車票金額多少也會顯示出來。一般來說，地下鐵之間轉乘比較便宜，也不用走太遠，若是換坐電車，像山手線（やまてせん yama te sen）之類的，車票就會比較貴。若是不介意票價多少，只要有一張PASMO，就可以一卡在手，行遍東京，連公車也可以坐，非常方便又省時，甚至還可以在月台上的自動販賣機買飲料。所以每次有家人或朋友來找我時，到車站的第一件事就是趕快去辦一張PASMO。

選擇問路的對象很重要

若是不小心真的迷路了，就來上一句～どこですか吧！只要知道對方是外國人，日本人大都會親切地幫忙。接下來，我們來練習一下幾個關鍵字，才不會問了路卻聽不懂回答。

- まっすぐ：直直走
  ma ssu gu
- 右（みぎ）：右邊
  migi
- 左（ひだり）：左邊
  hidari
- 信号（しんごう）：紅綠燈
  shin gou

まっすぐ行（い）って、3つ目（みめ）の信号（しんごう）、右（みぎ）へ曲（ま）がって、駅（えき）は左（ひだり）にあります。（※先猜猜看意思，答案在右頁。）
ma ssu gu i tte mi tsu me no shin gou migi e ma ga tte eki wa hidari ni a ri ma su

許多台灣人在日本想問路時，常會去問那些站在渋谷（しぶや shibu ya）街頭發面紙的人，順便很高興地拿一包小面紙當紀念品，其實這些小面紙暗藏玄機，有很多是「做黑的」，可千萬不要被那些打扮入時摩登的年輕帥哥給騙了。另外，假如你無法確定面紙外包裝上寫的字是什麼，千萬不要大剌剌地在眾人面前使用，因為那些大都是「妳想要月入數十萬嗎？徵俏麗清純公關

公主」之類的內容。若你真的覺得不把面紙拿來用太可惜，建議你可以去清水寺(きよみずでら kiyo mizu dera)外面的商店，買一個漂亮的面紙套包起來使用。

（答案：直直走，到第三個紅綠燈右轉，車站就在左手邊。）

活用問路的關鍵字

相信你已經把どこですか這句話背得滾瓜爛熟了，現在將幾個你可能會想去的日本地名套進句型裡。

地名 ＋は＋どこですか？（～在哪裡？）
wa do ko de su ka

- 駅(えき)はどこですか？
  eki wa do ko de su ka
- お手洗(てあら)いはどこですか？
  o te ara i wa do ko de su ka
- 表参道(おもてさんどう)はどこですか？
  omote san dou wa do ko de su ka

日語	讀法	中文
駅(えき)	e ki	車站
お手洗(てあら)い	o te a ra i	洗手間
トイレ	to i re	廁所
化粧室(けしょうしつ)	ke shou shi tsu	化妝室
薬局(やっきょく)	ya kkyo ku	藥妝店

マツキヨ	ma tsu ki yo	有名的藥妝店名
コンビニ	kon bi ni	便利商店
セブン	se bun	7-11
ファミマ	fa mi ma	全家(Family Mart)
ローソン	rou son	Lawson（便利商店）
表参道（おもてさんどう）	o mo te san dou	流行時尚區地名
築地（つきじ）	tsu ki ji	吃壽司的傳統市場
清水寺（きよみずでら）	ki yo mi zu de ra	京都的木造名寺
金閣寺（きんかくじ）	kin ka ku ji	京都名寺

どこですか

do ko de su ka

在哪裡

會用到的場合

這句話你一定聽過！どこですか這句話學會以後，就能問路人什麼地方在哪裡，真的是太實用了！比學會說「你好/再見」更有建設性！出外旅行，最常需要詢問的地方就是洗手間和車站，好幾個朋友就曾告訴我說，他會一點點日語，在日本幾天的旅行中，幾乎每天照三餐地問人家洗手間在哪裡：トイレはどこですか？（to i re wa do ko de su ka）因為蓄意找機會練習，日語還真的進步不少，信心倍增！

找地方

我們來複習一下前面學過的問路方法，把句子串聯起來：

すみません、駅（えき）は**どこですか**？

（等對方說明完）

そうですか、ありがとうございます、さようなら。

● 假如不確定自己說得對不對，仔細確認以下的發音和意思：

1 すみません	su mi ma sen	對不起，請問一下
2 駅(えき)はどこですか	e ki wa do ko de su ka	車站在哪裡？
3 そうですか	sou de su ka	這樣啊
4 ありがとうございます	a ri ga tou go za i ma su	謝謝您
5 さようなら	sa you na ra	再見

找東西

どこですか這句話不僅觀光客很常用來找地方，在我家也很常聽到用來找東西在哪裡。而且最簡單的是，只要說出東西名稱就可以了，不用再說どこですか，這一點其實和中文是一樣的，就像「老伴兒，我的假牙在哪裡呢？」＝「老伴兒，我的假牙呢？」

●老公：僕(ぼく)の携帯(けいたい)は？ 車(くるま) の鍵(かぎ)は？（我的手機在哪？車鑰匙呢？）
boku no kei tai wa kuruma no kagi wa

●哥哥：ママ、トミカは？シールは？
ma ma to mi ka wa shi - ru wa
（媽媽，我的小車車呢？貼紙呢？）

●弟弟睡覺前一定要找他的豆腐寶寶，每天晚上都會上演哭哭啼啼的戲碼：ママ、あふは ？（媽媽，我的阿腐寶寶呢？）
ma ma a fu wa

我一天裡幾乎有三分之一的時間在找東西，原來找到生命的伴侶之後，還是要繼續踏上每天尋尋覓覓的不歸路。這種時候，我不禁想問蒼天：我人生的目標和意義はどこですか？

問句越短就越沒禮貌

(A)携帯(けいたい)は？　　(B)携帯(けいたい)はどこ？

(C)携帯(けいたい)はどこだ？　　(D)携帯(けいたい)はどこですか？

補充說明：

1. 携帯(けいたい)：「携帯電話(けいたいでんわ)」的簡稱，中文稱為手機或行動電話。
2. どこですか去掉後面的ですか後，意思一樣。但是「どこ」只用在比較親近的朋友之間。

1.結子問小玉：「好喝的珍珠奶茶店はどこですか？」

（どこですか＝在哪裡）

2.結子和小玉一邊喝珍珠奶茶一邊閒聊：「這年頭好男人在どこ？」

（どこ＝在哪裡）

全日文進階註解

1. 結子(ゆうこ)は玉(たま)ちゃんに「おいしいタピオカミルクティのお店(みせ)は**どこですか**？」と聞(き)きました。
2. 結子(ゆうこ)と玉(たま)ちゃんはタピオカミルクを飲(の)みながら「いい男(おとこ)は**どこ**？」と話(はな)しをしました。

●補充：

另一種問「哪裡」的常見說法：1.おいしいタピオカミルクティのお店(みせ)は、どこにありますか？
2.いい男(おとこ)はどこにいるかなあー？

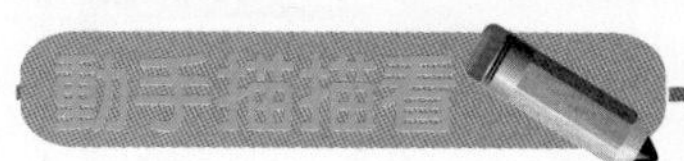

どこですか

どこですか 在哪裡

出國去日本的時候，除了要帶當地的地圖及旅遊書外，最重要的是要學會在日本問路！
在哪裡～在哪裡～
不要隱藏你的心～
出國必備！
旅遊書

我跟我姐去日本東京時，最想一探究竟的就是Shopping Mall 109了！
SHIBUYA
109
ははは！
ははは！

日本的JR線其實就跟台灣的捷運很相似，而且牌子都是標示漢字，所以免擔心迷路～
渋谷
Shibuya
原宿
Harajuku
秋葉原
Akihabara
哇～還好都是漢字！

不過他們一站到下一站其實要等滿久的...而且他們在電車裡是禁止講電話的！
日本也很流行低頭族耶～
幾乎都是低頭傳簡訊 ...

當時我跟老姐在原宿逛街，想直接從原宿走去109的時候迷路了...
ㄟ斗...
走好久喔！
是從這邊嗎...？
算了！
問路人吧！
え？
斯哩罵些～

ㄟ斗...One zero nine~
How to go? (破英文)
猜三個數字！
?

換我！A shopping mall...

......

還是直接看地圖吧...
Shibuya~
MAP
好丟臉...

所以在日本要學會這句日文喔！就不用在街上比手畫腳的了~~
どこですか～？
我們還是坐電車去涉谷吧！
從涉谷去109比較快...
MAP

20 振奮人心的加油聲

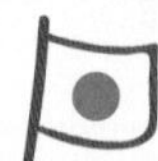

日本凡有競賽時，參加者都會分成紅白兩邊，運動會時，大大小小的參加者也全都會分成紅組和白組，參加各種比賽，場面非常熱鬧。

頑張って

小朋友的運動會

十月上旬秋高氣爽時，便是日本學校舉辦運動會的時期，頑張(がんば)って(gan ba tte)、頑張(がんば)って！加油聲不斷，場面非常熱絡。特別是幼稚園，運動會是最重要的活動，不只是小朋友，爸爸、媽媽都要一起跑一跑、轉一轉、跳一跳，大大小小的參加者全部分成紅組(あかぐみ/aka gumi)和白組(しろぐみ/shiro gumi)。日本凡有競賽時，參加者都會分成紅白兩邊，不會到了國中運動會就變成黃藍大對抗。就像每年除夕夜，日本NHK都會舉辦紅白歌合戦(こうはくうたがっせん/kou haku uta ga ssen)，把年度最受矚目的超級大牌明星都分成紅白兩隊，同台飆歌較勁。

日本小學生都會戴一種赤白帽子(あかしろぼうし/aka shiro bou shi)，這種帽子裡外有兩種顏色，上體育課打球分組時就很好辨識。下課休息時間在操場玩耍時，也規定一定要戴紅白帽，防止被球打到，這不僅是安全考量，還可以在夏天遮陽、冬天保暖，這個高機能帽真可以認定是日本人的偉大發明之一。

在幼稚園運動會時，最緊張壓軸的莫過於爸爸們的拔河比賽。分成紅白兩組的爸爸們會拿出九牛二虎之力，小朋友也會在一旁激動地大喊：頑張(がんば)って、頑張(がんば)って！爸爸們竭盡全力，深怕輸了面子會掛不住，加上小朋友們純真失望的眼神，更會狠狠扼殺了中年男子脆弱的自尊。

不過只要到了中午吃飯時間，全家圍在一起吃媽媽親手做的漂亮可愛便當時，大家就會重拾笑容。不過，前提是「媽媽親手做的」和「漂亮可愛」這幾個關鍵字，比如熱狗要雕成小章魚，蘋果要切成小白兔，不然也

要插上一枝小旗子才行。

便當也是一種加油的方式

日本精緻的お弁当（べんとう o ben tou）文化，扼殺了不少媽媽們的青春時光，連早上永遠爬不起來、多睡一分鐘也好的我，也必須心甘情願地一邊看日出、一邊做便當。畢竟，萬一在運動會上爸爸拔河輸了，至少還有便當菜色可以討小王子的歡心。

此外，最需要注意的是那些喜歡到處看看瞄瞄的媽媽們，她們評論起便當菜色來，可比電視上的美食家還嚴格，所以若是偷懶買7-11的便當，再裝進自家的便當盒子裡，一定會被捉包的！

一場運動會，真的是全家總動員！大家都說，小孩上學後媽媽就會很閒，可是我怎麼覺得比以前有更多的事要忙？除了運動會、開學典禮、畢業典禮之外，還有教學參觀、個人面談、音樂朝會、藝術鑑賞、義賣會、遠足、游泳大會、馬拉松紀錄賽、手工麻糬大會、秋天祭典、成果發表，行程排得滿滿的！而且，這些活動「全都」需要家長積極出席參加。日本的教育概念是非常強調學校、家庭、社會三個環節緊緊相扣的，所以家長和學校要密切地配合，家長會(PTA)也會策畫及主導許多活動。因此，小朋友上學後，對媽媽來說也是一個新的學習經驗，必須很圓融地處理人際關係，才不會讓自己透不過氣來。

重視運動的日本教育

日本對於好學生的定義是不只要會念書，還要會運動。回想我國三、高三的那個年代，幾乎沒有上過體育課，因為時間全都被數學課給借走了（但是我的數學還是很爛），而日本除了體育課之外，放學後還要練球，日語就叫部活動（ぶかつどう bu katsu dou），簡稱部活（ぶかつ bu katsu）。幾乎每個學生和老師，不分男女，大家都要選一種球類或運動項目，常見的運動有網球、棒球、足球、排球、籃球、桌球、田徑和劍道，而且每一兩個月就會有校際比賽，接著就是縣市比賽、地區大賽、全國大賽，各校總是卯足了勁，全員積極參與，絕不是只有體育老師和少數擅長運動的校隊選手的事。最有趣的是，比賽前學校還會盛大地舉行壮行会（そうこうかい sou kou kai）（振奮士氣大會），為即將出賽的選手加油打氣。選手們平常練習的時間也非常頻繁，每天清晨七點上課前、下午四點放學後之外，週末和寒暑假也都要到學校練習，所以日本的老師是沒有寒暑假的，每天都要照樣來學校。

我記得以前拍廣告片時，在現場休息等待的時候，日本工作人員聊天的話題都很喜歡問：「你平常打什麼球啊？以前在學校部活（ぶかつ）時就開始打了嗎？」這運動的話匣子一打開就沒完沒了，猛講自己當年的英勇戰績、現今當紅球員的八卦，我當然一句都插不上嘴。印象很深刻的是有一個很臭屁的工作人員說，他中學練習的是西洋劍，我實在也很想臭屁地回他說：「哦，我從小就開始學騎馬！」可事實上，我都窩在補習班算那與我無緣的數學。

正因各方都很重視體育活動，所以傑出的球員總是備受矚目，不但可以名利雙收，也有機會娶到當紅的女明星，所以許多家長在懷孕的時候，就會幻想自己的小孩長大後要成為足球明星，或者是職棒選手。跟你打賭，當電視轉播日本溜冰選手淺田真央在冰上優雅完美地旋轉時，一定有超過十萬人在自己家的電視前異口同聲說：「我好希望將來讓我的女兒當個溜冰選手⋯⋯」

天天會用的28句

がん ば

頑張って

gan ba tte

加油

會用到的場合

這句話你一定聽過！頑張って（がんばって）的用法非常單純，和中文一模一樣，除了運動會比賽時，在和別人最後道別時，也可以親切地這樣鼓勵對方。最完整的說法是：頑張ってください（がんばってください／gan ba tte ku da sa i）（請加油！）てください是一個很常用的句型，意思是：請～。但親朋好友之間若這樣說，聽起來會有一點生疏，所以常常省略後面的ください，只說頑張って（がんばって）。

2011年311地震之後，日本全國各地到處都會看到「頑張れ、日本」（がんばれ、にっぽん／gan ba re ni ppon）的看板，意思是：日本，加油啊！我在夏天參加祭典時，曾看到神轎上寫著斗大的「頑張れ、日本」（がんばれ、にっぽん），群眾跟著賣力嘶喊，各組人馬穿上色彩鮮豔的衣服，配合撼動人心的太鼓，整齊劃一地跳著傳統的祭舞，氣氛比往常更熱絡莊嚴，深深地振奮在場的每個人。當時，我感受到日本人堅韌的生命力和勇敢、絕不放棄的精神，我便想著，這個國家很快就會度過困境，至少我衷心這麼祈望著。

誰要加油？請你加油！

日語	讀法	中文
頑張（がんば）れ	gan ba re	加油啊
頑張（がんば）って	gan ba tte	加油
頑張（がんば）ってね	gan ba tte ne	加油喔
頑張（がんば）ってください	gan ba tte ku da sa i	請加油
頑張（がんば）ってくださいね	gan ba tte ku da sa i ne	請加油喔
頑張（がんば）ってくださいよ	gan ba tte ku da sa i yo	請你要多加油啦

誰要加油？我們（一起）加油！

日語	讀法	中文	情境
頑張（がんば）ろう	gan ba rou	一起加油啦	當工頭對搬運工說 再一百包水泥就會搬完了
頑張（がんば）りましょう	gan ba ri ma syo	我們一起加油吧	當主編對作者說 預計九月要發行新書

誰要加油？我（自己）加油！

日語	讀法	中文	情境
頑張（がんば）るよ	gan ba ru yo	我會加油啦	失業一年無所事事的老公，向太太說自己會努力找工作
頑張（がんば）ります	gan ba ri ma su	我會加油的	新進員工向課長說，自己一定會努力拚業績

1.重考兩次的表妹吃飽飯要去補習時……

「小美，要去上課了啊？**頑張(がんば)って**。」（頑張(がんば)って＝加油）

2.未婚夫即將要去參加奧運的足球比賽……

「玉田君，你出國比賽**頑張(がんば)ってね**。」（頑張(がんば)ってね＝加油喔）

全日文進階註解

1. 二浪(にろう)のいとこが食事(しょくじ)を終(お)えて塾(じゅく)へ行(い)こうとする時(とき)、「みみちゃん、もう塾(じゅく)へ行(い)くの？**頑張(がんば)って**。」

2. フィアンセがオリンピックのサッカーの試合(しあい)へ行(い)く時(とき)、「玉田(たまだ)くん、海外(かいがい)の試合(しあい)**頑張(がんば)ってね**。」

頑張(がんば)って

各式運動項目的日語怎麼說？

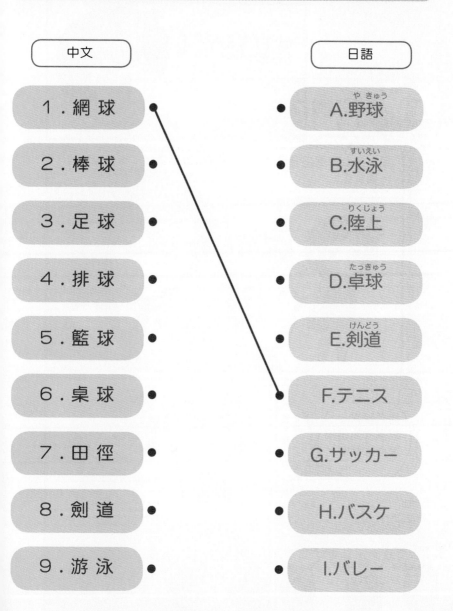

中文	日語
1．網 球	A.野球（やきゅう）
2．棒 球	B.水泳（すいえい）
3．足 球	C.陸上（りくじょう）
4．排 球	D.卓球（たっきゅう）
5．籃 球	E.剣道（けんどう）
6．桌 球	F.テニス
7．田 徑	G.サッカー
8．劍 道	H.バスケ
9．游 泳	I.バレー

解答：1.→F、2.→A、3.→G、4.→I、5.→H、6.→D、7.→C、8.→E、9.→B.

頑張って

加油

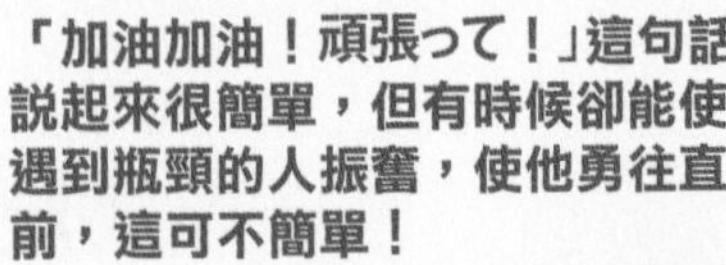

「加油加油！頑張って！」這句話說起來很簡單，但有時候卻能使遇到瓶頸的人振奮，使他勇往直前，這可不簡單！

頑張って！

香菇八點小劇場

開麥拉~

早上搭公車總是會遇到一個女生...

她總是會毫不掩飾地注視著我。
瞪

於是詢問我的好朋友~
你們覺得...那個女生是不是喜歡我呀？
羞
要不要仔細看看她有沒有腳！
依我看，她比較像怨恨你！

她絕對是喜歡你！
我們支持你~
沒錯！沒錯！
頑張って！快主動出擊！
打

本当に？
推！
え？
頑張って！
當然是真的！
她的眼神已經等不及了！

ははは…
去了去了！

不用太難過啦~
下一個會更好！
沒錯~繼續
加油吧！
頑張って！
她說她願意跟
我交往…！

淚奔
噗!!
回來了！

…………
？

ははは…
我有女朋友了…
換你們加油囉！
我就說你
可以…吧！
好狗運！
可惡！
頑張って！

21

日本人的服務精神

如果店員要幫你點菜時，你還沒準備好，
可以向店員說：ちょっと待って！
但是相反的立場時，服務生應該有禮貌地說：
ただいま、おうかがいします（我馬上就來）。

不能說「等一下」

有一次和同事在公司附近的白金プラチナ通り（白金台名媛大道）吃義大利餐，坐在灑滿陽光的綠蔭下，眼前望去是東京都庭園美術館！當我們的心情也跟著悠揚起來，正想請服務生點菜時，那身材高大、操著義大利腔的男服務生似乎忙不過來，便轉頭說：「ちょっと待って！」（等一下）我那自認為很帥的同事，當場很不客氣地教他：「什麼等一下？應該是說馬上來吧！」結果那義大利男人立即用迷人的微笑，向我道歉說：「すみません。」我則滿足地傻笑說：「大丈夫！大丈夫！」

如果店員要幫你點菜時，你還沒準備好，可以向店員說：「ちょっと待って！」但是相反的立場時，服務生若正在忙，是不能像客人一樣說ちょっと待って的。正確有禮貌的說法是：ただいま、おうかがいします（我馬上就來）。

你可能會想，「等一下」和「馬上來」的意思不都是一樣嗎？用錯了有這麼嚴重嗎？但若仔細用文法的角度分析，這兩句話的主詞是不一樣的：一個是「你等一下」，一個則是「我馬上來」。等一下是要「客人」等，馬上來是說「自己」會盡快過去，一個主詞是對方，另一個則是自己。這之間微妙的語意差別，是非以日語為母語的外國人比較難體會出來的。

你或許已經注意到了，這兩句話的主詞都是省略的，這就是因為日語的特色是會盡量避免主觀強勢的說話方式，總是婉轉間接一點。因此聽日語時，常常要推敲前後句子的關係，才能夠明白完整的意思，這可以說是日語一個很特別的地方。

補充說明：有店員不客氣地叫你等一下，你可以學我同事這樣飆回去：「ただいま，お伺（うかが）いしますでしょう？ちょっと待（ま）ってじゃないですよ！」
ta da i ma o ukaga i shi ma su de syou cho tto ma tte jya na i de su yo

是誰應該「等一下」

日本有一些居酒屋，當請服務生來點菜時，他們會說：「はい、よろこんで。」（好的，樂意之至。）聽起來很有趣又有禮貌，雖然還是要等，但感受大不相同。我記得有一次在台中排隊買手搖茶，聽見店員說：「有人點翡翠檸檬嗎？」我把號碼牌拿過去時，小姐竟然瞄了一眼，很不客氣地回我說：「不是妳。」聽了真是一肚子火，至少也該說「等一下」吧？
ha i yo ro kon de

其實，我覺得像這樣的服務業，應該可以模仿秋（あき）葉（は）原（ばら）的女僕咖啡店（メイドカフェ），來一個宮廷版的服務方式。點菜的時候，可以說：「皇上，您要點菜了嗎？今天想讓御廚為您做什麼菜？清晨剛從您的基隆港捕獲一條黑鮪魚，想來一盤生魚片嗎？」遇到年輕的客人，可以改叫「阿哥」，想必這樣一定會生意興隆，高朋滿座！
aki ha bara me i do ka fe

ちょっと待って

cho tto ma tte

等一下

會用到的場合

這句話你一定聽過！到餐廳點菜時，翻著一本厚厚的菜單還沒想好要吃什麼的時候，你可以對杵在桌邊、滿臉笑容的服務生說ちょっと待って，他就會很識相地走開，知道你需要多一點的時間去想一想要吃什麼。此外，你也可以對即將要一起出門卻一直催促的男朋友或老公說：「ちょっと待って，你不要再催了，我就快好了！」

在我家最常聽到的一句話是「待って（ma tte）」，當在玩具X斗城，弟弟會一手緊抱著我不買給他的玩具，向越走越遠的我，用淒涼的聲音喊：「ママ、待って、待ってよ。（ma ma、ma tte、ma tte yo）」（媽媽～等等、等等啦～）不過，直接只說後面的待って，是小朋友和女生的撒嬌語法，是非正式用法，絕對不可以用在商務上，會顯得很不得體又很沒禮貌。

若是要顯得有禮貌，就要拉長句子，句子拉得越長越有禮貌。比如說在資訊展時，日本客人想買一百台筆電，你和對方殺價談不攏，想叫客人不要走，再多出一點價時，就可以說：「ちょっと待ってください。（cho tto ma tte ku da sa i）」如果你真的沒辦法做決定，怕價錢太低，賣了會被老闆開除，正打算去後

面叫人來幫你查一下成本價時，甚至要更有禮貌地說：「少々お待ちいただけますか？」（可以麻煩您稍稍等我一下嗎？）聽起來就覺得很舒服，此時若再倒一杯咖啡給他（其實紅酒會更有效），也許就可以順利成交囉！

（syou syou o ma chi i ta da ke ma su ka）

「等一下」的有禮貌等級

日語	中文
待って ma tte	等等
待ってよ ma tte yo	等等啦
待ってね ma tte ne	等等喔
ちょっと待って cho tto ma tte	等一下
ちょっと待ってください cho tto ma tte kudasa i	請等一下 (最中庸保險的說法)
少々　お待ちください syou syou o ma chikudasa i	麻煩您稍等
少々　お待ちいただけますか？ syou syou o ma chi i ta da ke ma su ka	麻煩您可以稍稍等我一下嗎?
少々　お待ちいただいてもよろしいでしょうか? syou syou o ma chi i ta da i te mo yo ro shi i de syou ka	不知道可不可以麻煩您稍稍等我一下?

活生生雙語例句 獨

1.到六本木的米其林三顆星餐廳時……

店員：「請問可以點餐了嗎？」

小英：「すみません、ちょっと待ってください。」

（ちょっと待ってください＝不好意思，請再等一下）

2.菜々子要去參加金馬獎，已經換了第八套衣服……

隆史：「已經很美了啦！快走啦！」

菜々子：「ちょっと待ってよ。」（ちょっと待ってよ＝再等一下啦）

3.美青姐對著不等自己、越走越遠的老公說：「ちょっと待ってよ，君おかしいよ。」（ちょっと待ってよ，君おかしいよ＝等等我啦，奇怪ㄟ你）

PS. 語尾加上よ有表示輕度抗議的意思，很像中文裡的「～啦」。
yo

全日文進階註解

1. 六本木にある三ツ星レストランにて…
店員：「ご 注 文よろしいでしょうか？」
英子：「すみません、**ちょっと待って**ください。」

2. 菜々子が台湾の映画賞受賞式に出るために、八着目のドレスを試着している…
たかし：「もう十 分 美しいよ。行こうよ。」
菜々子：「**ちょっと待ってよ**。」

3. 美青さんは自分を待ってくれず、どんどん遠くに行く 夫 に向かって「**ちょっと待ってよ。君おかしいよ**。」と言いました。

ちょっと待って

ちょっと待って
等一下

在台灣要點餐的時候，如果服務生在忙，他可能會告訴你「稍等一下」...

但如果是在日本，服務生是不可以跟客人說「ちょっと待って」喔！

意思都是等...
聽到「馬上來」
可能心情會比
較好吧！
?

說到等...就讓香菇想到跟老姐去一天玩不完的日本迪士尼的時候～

所謂一天玩不完...意思就是你有大半天時間都在排隊等輪到你XDD

ひ...

當時要玩一個叫「飛濺山」的
遊樂設施的時候...
ははは！

等等換我們玩的
時候，下來時我
們也舉手歡呼！
手不能扶
手把喔！
へへへ...
沒問題啊！
我敢～

結果，看「飛濺山瞬間快照」拍出來的照片的時候...

え？

ちょっと待って
說好的
舉手歡呼呢？
無視
我們去玩比較
靜態的吧！
妳這個俗辣！

請以結婚為前提和我交往

除了說出好きです，更進一步的告白是向對方提出要以結婚為前提交往！要是遇到這種告白，大概馬上就可以去拍婚紗照了！

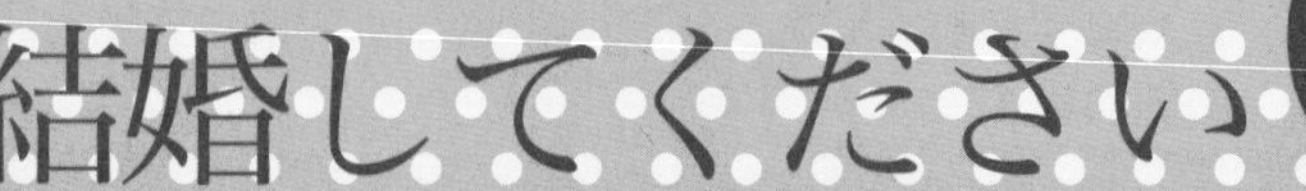

浪漫的告白

我們知道，如果有了會讓自己心裡小鹿亂撞的對象，日本人往往會開門見山地告白，說出好(す)きです（su ki de su）（我喜歡你），或是付(つ)き合(あ)ってください（tsu ki a tte ku da sa i）（請和我交往）。哦，好幸福喔！

但是有一種更進一步的告白是，向對方提出要以結婚前提(けっこんぜんてい)（ke kkon zen tei）來交往！要是遇到這種告白，大概馬上就可以去選婚紗了！像這樣的情節，就連劇中也時常會出現，比如豪門的大帥哥，雖然身邊美女如雲，看似遊戲人間，但竟然對出身平凡的小女子動了真情，認真地打算把她娶回家，不只是玩玩而已。

在洞房花燭夜才第一次見面的年代裡，根本沒有所謂「交往」這回事。之後民主一點，有相親結婚，可以交往試試看適不適合結婚。不過，交往就是為了要結婚，哪裡還分要結婚的交往，和不結婚的交往？

在日本，男人大多怕被束縛，不想早早定下來，「愛愛」時一定會很小心，這樣才不會中了「奉子成婚」的圈套。據說有的女生會心狠手辣地在保險套上偷偷剪一個小洞；有的手段比較溫和，只是在廁所裡放入各個品牌的訂婚戒指目錄，或是新娘雜誌。像我一個念建築的好朋友，就是靠一本Tiffany的戒指目錄和日本暢銷的結婚雜誌《ゼクシィ》(ZEXY)，順利地「暗示」男友對她求婚，這過程想當然也是歷經了長時間的洗腦加逼迫威脅。

有些男生頭幾年很幸運地逃過一劫，年輕時在一起的對象，當時通常都沒有什麼結婚的打算。最後結婚的對象，不是初戀也不是最愛，只是年紀到了，被家裡逼到煩了，就娶了當下在自己身旁的那一位。這種情形，身邊的朋友其實還不少，總是在酒醉人酣時，不小心吐露真言，幽幽地道出自己當初是相親後以結婚為前提交往的，完全是企畫好的，一點都不浪漫……初戀的那個人，現在不知道過得好不好？

離婚的流行風潮

90年代，當紅的人氣歌手安室奈美惠在二十歲就結婚的勇舉，大家一舉跟進，帶來了結婚的新風潮，似乎提早也提高了日本人結婚的興趣。然而最近許多名人和藝人陸陸續續離婚了，所以在日本又吹起離婚的浪潮。日本整個社會因為離婚率的升高，對這件事習慣了，變得見怪不怪，還出現了バツ一（いち）(ba tsu ichi)這個字，字面上是說「打一次叉叉」，指的是有過一次離婚經驗的人。不過像這樣的人，最近不但沒有被排斥，還特別受到歡迎，因為大家認為這樣的人曾經在失敗中學習過，會更認清婚姻的真相和懂得如何和另一半相處。像著名的女明星竹內結子，主動寄給花心老公離婚協議書，獨立自主的行為模式頓時成為女性的新榜樣，一反離婚女人制式的憔悴軟弱形象，隨後竹內結子整個人也變得更漂亮、更有女人味，電視與電影的演出一部接一部，廣告也接不停。

一直以來，日本人還是比較大男人主義的，男女的地位在某種程度上還是不平等的。我不是提倡離婚，但是很願意看到日本社會的包容度隨著時代改變，女人不再是菜籽命，隨風飄揚，即便是嫁不對人，到頭來還是有選擇自由和重新找到幸福的機會。

我總是鼓勵朋友結婚試試看，但前提是不能有小孩，畢竟婚可以試，但是孕育一個生命卻是不能夠試的。婚姻是一段重要的人生體驗和自我成長的過程，就像畢業旅行一樣，雖然不是一定要去，去了也不見得保證好玩，但是沒去就好像少了一點什麼，真的很可惜。

婚姻也是一種必要的修行，學習圓融地和一個沒有血緣、原本不相識的人過生活、攜手一輩子，那真是一大試煉。法國人流行同居不結婚，但是我認為很多問題是真正結了婚後才會浮現出來的。愛一個人而一直不肯娶她，聽起來就很不踏實，沒有勇氣許下承諾去守護女人一生的男人，總覺得少了點氣魄。

希望有越來越多的人，認真地對待感情，每個對象都能以結婚為前提交往，甚至不久後會有人告白說：「以嘗試結婚為前提結婚看看。」（但一定不可以有小孩！）因為有許多事情和責任是交往時看不出來的，非得要蓋上手印後才會浮上檯面的，真的，同居和結婚是兩碼子事。

天天會用的28句

結婚（けっこん）してください

ke kkon shi te ku da sa i

請和我結婚

會用到的場合

這句話你一定聽過！日劇中演出求婚戲碼時，主角一定會深情地注視對方，並說：「結婚（けっこん）してください。」（ke kkon shi te ku da sa i）這不但是一句關係著人生終身大事的話，同時也是日語中的超重量級句型！～てください是用來客氣地指示別人做某件事情，加在動詞て型變化的後面，這樣聽起來比較有禮貌。

重要關鍵句型

動詞+てください（請～）

●客人到家裡來玩：

➡請進：入（はい）ってください
hai tte ku da sa i

●面試的時候，請來應徵的大學生坐下：

➡請坐：座（すわ）ってください
suwa tte ku da sa i

●請坐在自己家門口八小時的前男友回去：

➡請回去：帰（かえ）ってください
kae tte ku da sa i

●小朋友請你幫忙打開好想吃的蝦味先：

➡請打開：開（あ）けてください
a ke te ku da sa i

●搭機的時候，空姐請大家繫好安全帶：

➡請繫好安全帶：
シートベルトを着用（ちゃくよう）してください
shi - to be ru to wo chaku you shi te ku da sa i

1.阿雄年近四十歲，家裡催得緊，於是向只有認識三個月的奈美惠求婚……

「結婚（けっこん）してください。」（結婚（けっこん）してください＝請和我結婚）

2.阿勇看到好友阿雄要結婚了，有點著急，於是在暗暗的電影院裡，突然握著才認識三天的光小姐的手，但被狠狠地回了一句……

「やめてください。」（やめてください＝請你停止）

全日文進階註解

1. ４０近（よんじゅうちか）くの雄君（ゆうくん）、実家（じっか）にプレッシャーかけられ、知（し）り合（あ）って３ヶ月（さんかげつ）しかたってない奈美恵（なみえ）ちゃんに「**結婚（けっこん）してください**」とプロポーズしました。

2. 勇（いさむ）くんは幼馴染（おさななじみ）の雄君（ゆうくん）がもうすぐ結婚（けっこん）すると聞（き）いてちょっと焦（あせ）ってきて、暗（くら）い映画館（えいがかん）の中（なか）で、知（し）り合（あ）って３ヶ月（さんかげつ）しかたっていない光（ひかり）ちゃんの手（て）を握（にぎ）りました。「**やめてください**」と容赦（ようしゃ）なく言（い）われた。

けっこん
結婚してください

結婚してください
請和我結婚

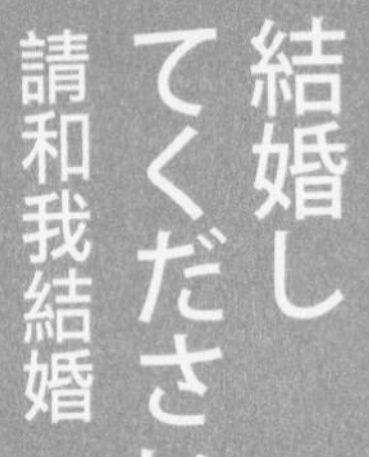

你一定有聽過日本人說什麼什麼的「庫搭賽以」，意思就是客氣地指示別人做某件事情~

使用語法大致如下：

動詞+てください（請~）

下面介紹的例句
你一定有聽過~
お願いします~
雅撒系庫搭賽以...
優しくしてください...
※請溫柔對我...
放心吧...
我會小力一點的！
請張開...
ああ...

除了優しくしてください
外，你一定也聽過
やめてください！
（亞美跌庫搭賽以！）
やめてください~
噗！
飛踢！
怎麼妳知道的句子
都怪怪的!!!

坐計程車的時候，司機也會請客
人繫好安全帶喔！
シートベルトを
着用してください

順便一提：日本的駕駛座跟台灣
是相反的，讓人整個很不習慣...

日本　　台灣

駕駛座　駕駛座

日本駕駛座是在右邊，台灣則
是在左邊~

河豚可以吃嗎？

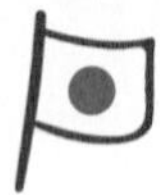

河豚到底可不可以吃呢？
這實在是見仁見智。我的原則是，
一定要到河豚專賣店去吃，
而且必須是有執照而且信用可靠的店！

食べてもいいですか

賭上性命也要吃河豚

每次有人問我最喜歡吃的東西是什麼，在台灣我會毫不猶豫地說珍珠奶茶，而且要春X堂的。但是在日本，我會想很久，不知道該說是かに(ka ni)（螃蟹）還是河豚(ふぐ fu gu)。真想不通，世界上怎麼會有東西這麼おいしい(o i shi i)！

河豚到底可不可以吃呢？這實在是見仁見智。我的原則是，一定要到河豚專賣店去吃，而且必須是有執照而且信用可靠的店。日本人吃河豚已經有百年以上的歷史了，可是三不五時還是會聽說有人吃河豚而中毒，所以雖然河豚很美味，讓人難以抗拒，但是不小心還是不行的。

通常河豚料理都是以火鍋為主的三至五道套餐，不同的部位有不同的做法。第一道是河豚QQ皮涼拌，先是淋上柚子醋，再灑上一些小蔥花，實在是太美味了，是套餐中我最喜歡的一道料理。

接下來是河豚生魚片。這大概是所有生魚片中最有「氣質」的一道吧。先不說味道，光用看的就是一個藝術品。雪白晶瑩的魚片通常會擺在繪有牡丹而華麗富貴的圓盤上，魚片切得薄到不能再薄，嚐起來非常有嚼勁，非常彈牙。另外，炙烤的河豚肉也有另一番滋味，狂野中帶著一絲細膩。還有焼き白子(やき しらこ ya ki shira ko)（烤魚精囊）也很受歡迎，白白的，吃起來的味道像豆腐，聽說很補喔！

接著上的是主菜重頭戲——河豚火鍋。其實河豚火鍋就跟一般火鍋一樣，只是牛肉、羊肉的部分換成河豚魚肉塊。在燉煮的時候，通常會先放有魚骨頭的部分，這樣可以讓湯頭的味道更鮮美。

火鍋剛端上來時，高湯裡會有一片昆布(こんぶ kon bu)，也就是海帶，等到湯滾要放魚肉下去的時候，昆布(こんぶ)就撈起來不要了，否則在湯裡滾久了會有一些苦澀味，還會把清澈的高湯弄濁了。台灣人，包括我自己，總認為昆布(こんぶ)熬久一點會比較有味道，覺得太早丟棄很可惜，煮到最後都不肯把那一片越煮越大片的昆布(こんぶ)撈出來。到底哪一種煮法才對？我想，這可能要問一下阿基師或是「和料理鐵人」道場六三郎(みちばろくさぶろう michi ba roku sabu rou)才行。

被切成和鹽酥雞大小一樣的河豚肉，肉質鮮嫩多汁，口感有些類似青蛙肉。河豚屬於白肉魚，具有高蛋白質、低脂肪，而且含有豐富的纖維質，吃起來非常有彈性。

酒足飯飽姻緣來

此外，好料理當然要配好酒，魚刺酒ひれ酒(ざけ hi re zake)就是首選。ひれ酒(ざけ)上放有一片魚刺，再點上溫暖的火苗，等火苗熄了，就可以舉杯下肚。若是用餐當天剛好有人生日，也可以許個願當成蠟燭來吹，既另類又有氣氛。為什麼要點火燃燒呢？可能是像我們吃燒酒雞一樣的道理，把酒精蒸發一些出來吧。

吃完肉、喝完酒，還沒有結束喔！這時把煮過河豚火鍋的湯，放入一些白菜、金針菇、豆腐，不但氣味好，吃起來也清新鮮美，味道很讚。

最後則是雜炊(ぞうすい zou sui)，是日本火鍋典型的最後一道料理。在日本，蔬菜魚肉樣樣貴，光吃火鍋料太傷本了，所以最後總是要來一碗飯才會吃得飽。這道料理的做法是把剩餘的菜撈起來，把白飯放進火鍋湯裡煮，再打一個蛋花、加一些蔥花，然後再盛到新的飯碗裡，吃之前再灑一點海苔絲，配上一旁的醃蘿蔔，這樣一來就會有簡單幸福的飽足感。高檔一點的餐廳，通常會煮給你吃，但你也可以自己動手做，若是和想結婚的對象一起去吃，不妨在他面前露個小手藝，表現一下賢慧和體貼，說不定還能因此促成一段好姻緣喔！

常見河豚套餐料理

日語	讀法	中文
かわさ 皮刺し	ka wa sa shi	魚皮涼拌
てっさ	te ssa	生魚（薄）片
や 焼きふぐ	ya ki fu gu	烤河豚
や　しらこ 焼き白子	ya ki shi ra ko	烤魚精囊
てっちり	te cchi ri	河豚火鍋
からあ 唐揚げ	ka ra a ge	炸河豚
ぞう すい 雑 炊	zou su i	湯飯
ざけ ひれ酒	hi re za ke	魚刺酒

天天會用的28句

た
食べてもいいですか
ta be te mo i i de su ka

可以吃嗎

會用到的場合

這句話你一定聽過！食べてもいいですか（ta be te mo i i de su ka）？是問東西可不可以吃？這句型真的太實用了！

同樣的句型，動詞換成見る（mi ru）（看），也是去日本旅遊超實用的一句話，而且是不會被拒絕的！買東西時看到喜歡的，不要興奮激動過頭，伸手就拿，禮貌上必須要問一下：可以看嗎？（見てもいいですか？（mi te mo i i de su ka））通常店員會很客氣地說どうぞ（dou zo）（請），然後親切地幫你把東西拿出來。

在日本旅遊的最大挑戰，就是必須抵抗買東西的誘惑，不論大的、小的、男生的、女生的，全都讓人愛不釋手。男生會在3C電器用品店迷失自己，女生則會在藥妝店中找到另一個自我。希望大家把這句話記起來，在日本愉快購物，展現台灣觀光客的雄厚消費能力。

關鍵句型

動詞+てもいいですか（我可以～嗎？）

●我的大兒子每天都會問我，徵求我的批准。

➡可以看電視嗎？：テレビを見(み)てもいいですか？
te re bi wo mi te mo i i de su ka

➡可以吃巧克力嗎？：チョコを食(た)べてもいいですか？
cho ko wo ta be te mo i i de su ka

➡可以用剪刀嗎？：はさみを使(つか)ってもいいですか？
ha sa mi wo tsuka tte mo i i de su ka

●對成熟的男女來說，這句也非常的實用！

➡單身男女想留在對方家過夜，可以含蓄地問：

今晚我可以不要回去嗎？：今(こん)晩(ばん)帰(かえ)らなくてもいいですか？
kon ban kae ra na ku te mo i i de su ka

➡老公不想回家，心裡大概也同樣很想問老婆這一句：

今晚我可以不要回去嗎？：今(こん)晩(ばん)帰(かえ)らなくてもいいですか？
kon ban kae ra na ku te mo i i de su ka

給太太的話：「可以」的話，回答いいよ（i i yo），「不可以」的話，回答だめ（da me）。

關鍵句型比較 前面一章～てください是請別人為我們～，這一章的關鍵句型則是問自己可不可以～。

請注意，動作的主詞是不一樣的！

✔帰(かえ)ってください。請你回去。
kae tte ku da sa i

✔帰(かえ)ってもいいですか？我可以回去嗎？
kae tte mo i i de su ka

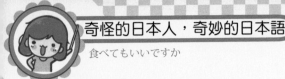

活生生雙語例句 獨

1.阿雄痴痴地望著櫥窗裡最新的單眼數位相機，用朦朧的眼神對店員說：

「見てもいいですか？」（見てもいいですか＝可以看看嗎？）

2.阿喜叫小百合摀著眼睛，然後從口袋裡拿出「小盒子」，小百合用顫抖的聲音說：**「見てもいいですか？」**（見てもいいですか＝可以看看嗎？）

全日文進階註解

1. 雄君はじーっと、最新のデジタル一眼カメラをみつめて、店員さんに、「**見てもいいですか？**」と聞きました。
2. 喜君は彼女に目をつぶってもらって、ポケットの中から小さな箱をだしました。小百合ちゃんは震える声で、「**見てもいいですか？**」と聞きました。

你不能不知道的「星期X」

學習一種新的語言，一開始都會先從數字學起。對就讀日文系的學生來說，這是必要的學習過程，但我認為若學習日語的目的是為了旅遊或興趣，那麼買東西溝通時，用手指比一比就好了，再不行還有全世界通用的阿拉伯數字，大不了拿筆出來寫也可以，不太需要多花時間去背。

但是「星期X」就不是這麼簡單了！在日本，「星期」叫作曜日（ようび you bi），很多人或許會馬上反應，以為星期一就是一曜日、星期二就是二曜日……抱歉，答錯了！由於日本人很有科學精神，用的是星象五行：月、火、水、木、金、土、日，雖然不是很容易記住，但是卻很重要喔，一定要學會！這樣一來，當你和心儀的對象去約會的時候，才不會記錯日子喔！

星期一	星期二	星期三	星期四	星期五	星期六	星期日
げつようび 月曜日 getsu you bi	かようび 火曜日 ka you bi	すいようび 水曜日 sui you bi	もくようび 木曜日 moku you bi	きんようび 金曜日 kin you bi	どようび 土曜日 do you bi	にちようび 日曜日 nichi you bi
MONDAY	TUESDAY	WEDNESDAY	THURSDAY	FRIDAY	SATURDAY	SUNDAY

た
食べてもいいですか

食べてもいいですか
可以吃嗎

這句型很實用！在日本一天大概會用五次以上！基本用法就是：動詞＋てもいいですか
可以看妳的內褲嗎?
見てもいいですか?
不行！

在日本看到喜歡的東西之前，不要興奮激動過頭，禮貌上要問一下：「見てもいいですか?」（可以看嗎?）不可以伸手就過去拿。
見てもいいですか?
可以看一下嗎?
どうぞ
請！
Canox
Nikox

在日本買3C產品很划算！
因為3C大部分產地都在日本，如果在台灣買，價格就會有落差...
哇～
是我一直很想買的鏡頭耶...
¥10,800

可是...語言不通～
而且怕保固在台灣不能用...
¥10,800
店員

香菇在門市工作的時候，最怕遇到大陸觀光客...因為他們人都很多，
通常都會聯合起來殺價，會有種寡不敵眾的感覺XD
七嘴八舌
小姐！單反多少錢～
一大陣仗
小姐！
這個能不能拿
出來看一下～
頭
這個能不能
便宜些～

※「單反」就是指單眼。

好希望我有很多
張嘴巴喔...
不行啦...
已經很便宜了...
老闆說不行～
あああぁ!!
叫妳老闆
出來說～
再便宜些！
快點！
要不～再多
送點東西！
這個好了～
可以送啦～
記憶卡
真的不行啦～不要
為難小妹我了～

其實不管哪國人都會殺價，但大陸人殺價的毅力不容小覷...
尤其人海戰術通常都會讓人招架不住...!!
ははははは～
送你上西天
...可以嗎？
不然妳還可以
送我什麼？
快點～
沒時間了～
我沒有拖你
的時間呀～

領導潮流的女子高校生

在日本，看似消費能力不高的國、高中女生，
其實背後隱藏著無限的商機，但是相對的，
有些社會觀察家也擔心她們對語言的破壞和殺傷力，
並帶來其他令人困擾的社會問題。

日本年度流行語大賞

高中女生在日本稱為女子高生(じょしこうせい jo shi kou sei)，對台灣人來說，印象或許只是穿著水手服的一群女生，但是她們不只是普通的一群人而已。這些十五至十八歲女生醒目的特殊行為、語言表現以及穿著打扮，已經自成一格，女子高生(じょしこうせい)對日本文化影響之大，更儼然成為一種社會現象，甚至受到國際矚目。

我的日本朋友常說，總聽不懂這些女子高生(じょしこうせい)在說什麼，講的話好像是外星話，其實日本高中女生特殊的語言方式，是獨樹一格的。以往每年年底日本都會選出年度流行語大賞(りゅうこうごたいしょう ryu kou go tai syou)，而從2007年開始，出現了女子中高生(じょしちゅうこうせい jo shi chuu kou sei)ケータイ(ke - tai)流行語大賞(りゅうこうごたいしょう)（國、高中女生的手機流行語排行榜），這群小女子發明了很多無厘頭的講法，造成一股勢力，並在日本流行文化中有舉足輕重的影響。

看似消費能力不高的國、高中女生，其實背後隱藏著無限的商機，但是相對的，有些社會觀察家擔心她們對語言的破壞和殺傷力，更憂心有些被扭曲的價值觀，會帶來困擾的社會問題，嚴重的譬如早些年的援助交際(えんじょこうさい en jyo kou sai)。

女子高生(じょしこうせい)的典型裝扮是怎樣的呢？你也許在電車上撞見過好幾次——第一，當然是把裙子改到短得不能再短，幾乎可以看到小褲褲，然後穿一種鬆鬆垮垮的襪套，叫ルーズソックス(ru - zu so kku su)，源自英語loose socks。其次，比較極端的女生還會把臉弄得黑黑的，在厚厚的嘴唇上塗著亮亮的口紅或唇

蜜，再將頭髮染成金色，吹出各種髮型，讓人一看就知道，她們早上起床後至少吹了一個小時以上的頭髮。

她們必備的行頭是手機，上面一定掛著一堆琳瑯滿目的手機吊飾和娃娃，發簡訊時會用非常非常多的表情符號、略語、祕語，難懂的程度極高，甚至有人開玩笑說，可能叫CIA或是電腦解碼高手都破解不出來。

此外，女子高生(じょしこうせい)常會發揮創意，創造出一些新的字。譬如，把日語中的「超(ちょう)」和英語合併起來：

超(ちょう)＋very bad＝超(ちょう)ベリバー
chou be ri ba -
超(ちょう)＋very good＝超(ちょう)ベリグー
chou be ri gu -
翻成中文的意思就是「超爛」跟「超讚」。

ギャル(gya ru)這個字和女子高生(じょしこうせい)的意思相近，更專指這個年紀裡醒目搶眼裝扮特殊的女生和其所掀起的流行風潮。細分來說，特指高中女生的叫コギャル(ko gya ru)，這個字是從英語口語gal來的，也就是女孩(girl)的意思。

90年代初期，第一代教主是紅遍大街小巷的安室奈美惠，不僅除了裝扮，連她的行為說話都被澈底模仿，而她年紀輕輕就結婚生子，也被年輕女生模仿，造成了當時一股二十歲結婚潮。第二代教主是浜崎步，她帶來的影響則是把流行的黑黑臉變成白白臉，從此大家不再去日焼(ひや)けサロン(hi ya ke sa ron)（日照美容院）曬黑，而是拚命地美白，嚮往像她一樣，能有雪白透嫩的肌膚。

ギャル文化會流行這麼快，媒體的推波助瀾也扮演了關鍵的角色，有一堆雜誌就專門以ギャル為對象，代表性雜誌為《小惡魔(こあくま)ageha》(ko aku ma)。

東京的原宿(はらじゅく)(hara juku)和渋谷(しぶや)(shibu ya)是ギャル的聖地，代表性的購物地點就是連國際

級巨星Lady GaGa也去過的109。說實在的，109雖然不是我的風格，但是偶爾逛逛，卻可以翻到便宜又有型的衣服和小東西。109不像想像中那樣亂糟糟的，而是一棟位在「三角窗」的普通建築物，因為地點明顯好找，所以我偶爾和朋友吃飯也會約在109門口。渋谷(しぶや)109不僅是年輕流行文化的指標，也是地理上的路標，若大家有機會去日本玩，不妨去朝聖一下。

補充說明：有一個符號，其實我還滿喜歡用的，就是「♪」八分音符。我一開始很好奇這圖案是怎麼打出來的？其實只要在鍵盤上輸入日語音符(おんぷ/onn pu)兩個字，出來的選項就會有「♪」圖案，真是太人性化了！

高校女生的無厘頭流行語

●なう(na u)，聽起來像英語中的「now」。

➡友達(ともだち)と原宿(はらじゅく)なう(tomo dachi to hara juku na u)：我現在和朋友在原宿。

●あつし(a tsu shi)，從暑(あつ)くて死(し)にそう(atsu ku te shi ni sou)而來，有「熱死」的意思。

➡今日(きょう)もあつし(kyou mo a tsu shi)：今天也是熱到快死翹翹。

●ＮＨＫ，なんか、変な、感じ(nan ka hen na kan ji)的拼音首字縮寫。

➡あの女(おんな)の子(こ)はＮＨＫ(a no onna no ko wa)：那個女生不知怎樣有些怪怪的感覺。

天天會用的28句

ちょう
超～
chou

超

會用到的場合

這句話你一定聽過！日本和台灣一樣，常常出現許多流行語，特別是在年輕人的生活中。這句超(ちょう)～在中文中也常被使用，用法語意和日語一模一樣，幾乎普遍到成為一般會話了。早些年，阿公阿嬤還會聽不懂，不知道這是什麼意思，但現在卻偶爾會脫口而出，可見語言習慣真的會隨時間改變。譬如超格好いい(ちょうかっこいい / chou ka kko i i)，就是很帥、很酷的意思，中文裡也可以直接說成超帥、超酷。

1.阿雄的未婚妻奈美惠，第一次吃到蚵仔煎，一直說：「超(ちょう)おいしい。」（超(ちょう)おいしい＝超好吃）

2.阿雄還單身的哥哥，看到未來的日本弟妹奈美惠滿足的吃相，頻頻點頭說：「超(ちょう)かわいい。」（超(ちょう)かわいい＝超可愛）

全日文進階註解

1. 雄君(ゆうくん)のフィアンセの奈美恵(なみえ)ちゃんは初(はじ)めてカキ焼(や)きを食(た)べて、ずっと「**超**(ちょう)おいしい」と言(い)いました。

2. 雄君(ゆうくん)の独身(どくしん)のお兄(にい)さんは未来(みらい)の妹(いもうと)の満足(まんぞく)そうな食(た)べ姿(すがた)を見(み)て、うなずきながら、「**超**(ちょう)かわいい」と言(い)いました。

超超～

日本女高中生發明很多無厘頭的講法，造成一股勢力，對日本流行文化有舉足輕重的影響。

女高中生常會發揮創意，造出一些新的字。最有代表性的話，就是把日文中的「超」和英文的「very bad」合併起來：
超ベリバー
超ベリグー
蝶？
聽不懂～!!

※「超」與「蝶」的日語發音相近。

甚至手機吊飾一定要掛許多配件！
一整串！
也太大串了吧！

這個是大家一定會知道的...
發光！
わははは！
這個是...!?

※NHK=なんか　変な　感じ的簡稱

25 想婚想昏了的日本女生

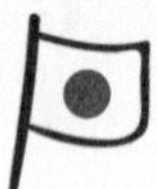

日本女生，不論是花樣年華的大學生，
或是黃金熟女，大家都很想結婚！
結不成婚的，便淪為狗狗輩，
而且還是輸了的狗狗——敗犬。

對結婚的浪漫憧憬

我對日本女生有一個很深刻的印象，那就是幾乎每個人都對結婚有浪漫的憧憬。而且這現象不是現在才有，早在十多年前也是如此。我念大學的時候，參加一個叫作AIESEC（國際經濟商管學生會）的社團，常有機會在日本青年領袖會議之中，遇到一些名校的佼佼者。這些頭腦聰明的女生來自東京大學、京都大學、慶應大學、早稻田大學，可以說是金字塔頂端的菁英。

照理來說，她們應該是充滿野心和抱負的，當我問她們將來想走哪一行時，她們通常會回答外務省、Goldman Sachs（高盛集團）、三菱商社或當大學教授，但最後總是會加上一句：「好想趕快結婚喔！」哎呀，真是枉費父母辛辛苦苦栽培到這麼大，怎麼說這麼沒志氣的話呢？也許當時是年輕不懂事，但我總想若如此放棄大好前途，步入家庭生活，那不就太平凡可惜了嗎？

畢業之後，我在東京的外商廣告公司工作，負責知名全球化妝品牌的電視雜誌廣告。身旁的女生不但學歷高，而且許多都是所謂的帰国子女（きこくしじょ ki koku shi jo），是從小時候便跟隨父親的工作而在國外長大的小孩，她們喝的不只是洋墨水，還有洋奶水呢！這些人的思想，想當然會比一般土生土長的日本女生來得開放自由，但是令我驚訝不已的是，大家還是好想結婚喔，而且常常會聽到她們說：「早く結婚したいなあ、負け犬になりたくない。」（haya ku kekkon shi ta i na a　ma ke inu ni na ri ta ku na i）（好想趕快結婚喔，不想再當敗犬了。）

最後，我終於歸納出一個結論——日本女生，不論是花樣年華的大學生，或是黃金熟女，大家都很想結婚！結不成婚的，竟會淪為狗狗輩，而且還是輸了的狗狗。

家庭與工作的兩難選擇

日本女生決定結婚時，便會馬上辭職，因此有一個特別的詞來形容這情形，就叫寿退社（ことぶきたいしゃ kotobuki tai sha）。這裡的「壽」不是祝壽或是長壽的意思，也不是指人老了要退休，這裡的「壽」指的是值得慶賀的事。日本女生會全心全意、心花怒放地準備婚禮的大大小小事情，也心甘情願地放棄高薪，專心步入家庭生活。因此，日本的小朋友大多是媽媽自己帶，不像台灣有阿公、阿嬤幫忙帶孫子，讓年輕夫妻都去賺錢。

算起來，日本女人真的好厲害，家事一把罩、天天煮三餐，不像台灣到處可以買外食吃，又可以請保母帶小孩，到處是幼稚園、安親班，連頭髮都去髮廊洗。日本賢慧的太太們有非常多的事要做，而且不能隨隨便便處理，家裡必須打掃得井然有序，到處閃閃亮亮，在這樣的情形下，唯一的選擇就只有放棄工作和事業了。

最近整個日本社會大環境有些改變，也許是女性意識更加抬頭了，有許多的外商會繼續雇用已婚女性，而且給予相當的保障，讓家庭和工作在某種程度上可以兼顧。

我結了婚後仍然繼續工作（那是當然的），等到要生小寶寶時，開始請產假，時間在預產期前六週和產後八週，這期間不但有薪水可領，小孩出生後，還可以領四十二萬日圓（約台幣十五萬元）的津貼。順帶一提，在日本每生一個寶寶都會有補助金，然而雖有優厚的社會福利制度，日本卻仍有少子化的現象。

育嬰假大多數可以請一年，像我工作的公司甚至可以延長到三年，期間是有錢可以領的，但不是全薪。雖然工作有保障，不過職場上競爭激烈，悠悠哉哉慢慢請假的人倒不多，一來怕自己的專業知識和人脈生疏了，二來怕等回到公司時，當初的小妹助理都已經變成主管了。

即使結婚之後，必須面對事業和家庭如此兩難的選擇，但是大多數日本女生仍對婚姻抱著浪漫的夢想，想快快找個人嫁了，一起過幸福的家庭生活。比起台灣女生，日本女生的想法也許單純多了，但其實只要自己活得快樂，想清楚渴望追求的人生目標是什麼，婚不婚都會是一樣幸せ（しあわ / shiawa se）（幸福）的。

戰勝「敗犬」計畫

設定人生目標

1.________才（さい）卒業（そつぎょう）（畢業）

2.________才（さい）結婚（けっこん）

3.________才（さい）第一子（だいいっし）（第一個孩子）

4.子供（こども）の名前（なまえ）：________

5.________才（さい）おじいちゃん/おばあちゃんになる

（當阿公、阿嬤）

天天會用的28句

まけいぬ
負け犬
ma ke inu

敗犬

會用到的場合

這句話你一定聽過！前陣子台灣有一部很紅的電視劇叫《敗犬女王》，其實「敗犬」這兩個字來自日語，也就是負け犬（まけいぬ），專指到了適婚年齡，卻仍找不到好對象的女生。一般來說，說「狗」比較不好聽，感覺有點侮辱人，勝負之間比較常說「組」。理所當然的，只要有負け組（まけぐみ, ma ke gumi）（敗組），當然就有勝ち組（かちぐみ, ka chi gumi）（贏組）的那一組了，而贏的那一組人，當然就是早早找到長期飯票的。通常日本女生結婚之後就會把工作辭掉，專心照顧家庭，所以每當有女同事說：「謝謝大家照顧，我做到月底就離職。」便會被打趣地問：「是不是寿退社（ことぶきたいしゃ）？」

1.奈美惠向還是單身的學姐說：「我做到月底。」學姐自嘲地說：「呦，妳動作真快呀！那我可不就是負け犬了？ 」（負け犬＝敗犬）

2.奈美惠的上司感嘆地說：「在外商廣告公司裡，雖然女生一個比一個能幹，但就世間的眼光來說，卻是一群負け犬。」（負け犬＝敗犬）

全日文進階註解

1. 奈美恵ちゃんはまだ独身の先輩に「自分は今月末まででです」と言ったら、先輩は、「あらー、あなた早いわね、そうしたら、わたくしは**負け犬**になっちゃうわ」と言いました。

2. 奈美恵の部長は感慨深い表情で、「外資系広告代理店の女性は一人一人は優秀なやり手だけど、でも、世間の目からみると、ただの**負け犬**かもしれないわね。」と言いました。

ま　いぬ
負け犬

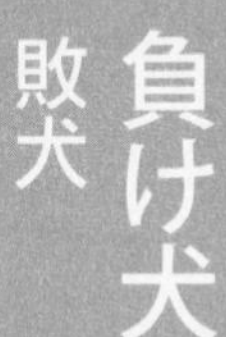
負け犬
敗犬

「敗犬」這兩個字是從日本傳進台灣的，意思是指精明能幹的女生還沒結婚＝負け犬。

所以在日本一些到適婚年齡的女生，總是會迫不及待地想結婚...因為不想被冠上「負け犬」的名號！
上田小姐好能幹喔！
え？

像妳這麼能幹又漂亮的人，應該已經有男友了吧？
很抱歉！讓你失望了！我就是沒有...

不過如果說「沒有」，應該就會被冠上敗犬的名號！
負け犬

但要是說謊，萬一被拆穿又會很糗...所以...

ああああ！
我還是說謊了！
當然有男友囉！
也快論及婚嫁了~
才不是負け犬呢~

那個...
我剛剛說的是我妹...
我...我還單身！

這樣啊~
我一直覺得上田小姐
很不錯...
え？
難道...
前輩對我...

那麼說上田小姐~
是負け犬囉!?
唉唷~早說嘛~
我會介紹男生給妳的~
ははははは！
刺
...好想死!!
我誤會了...

噗！
!!

日本男女約會潛規則

日本人明算帳，同事和朋友之間很少請來請去，但是交往中的男女去約會，是要誰付帳呢？有比較多數的男生，認為自己是應該要付帳的，而女生方面，也認為自己應該要付帳，男女雙方都各有意識要自己付帳。

割り勘

約會誰付錢？

台灣人很好客海派，喜歡請來請去，很少明算帳。從小在美國長大的表哥，最喜歡笑我媽和阿姨總是想要搶著付帳單，因為這是每次聚餐最後一定會上演的一齣戲碼。

日本人明算帳，同事和朋友之間很少請來請去，但是交往中的男女去約會，是要誰付帳呢？要知道日本的消費很高，光看一場電影就要一千八百日圓，相當於台幣六百元，所以約會的成本實在是很高。網路上的讀賣新聞有一個「大家來評評理」的單元，其中一則案例是，有一個二十九歲的男生，約大他兩歲的女生去約會，約會結束時想到還沒算錢，於是跟這個女生說：「今天很愉快，電影三千六百日圓、吃飯七千四百日圓，所以一個人是五千五百日圓。」這個女生聽到後，臉上僵了三秒鐘，給了他錢之後，從此便沒有再聯絡了。這個男生非常不解，明明兩個人聊得那麼投緣，而且女生整晚都笑嘻嘻的（直到聽到五千五百日圓前一秒），為什麼那女生不再跟他聯絡了呢？這不是男女平等的時代嗎？

之後，網友紛紛留言，但沒人告訴他為什麼，全都在批評他，把他罵到臭頭，認為他實在是太離譜了，竟然小器白目(K. Y.)成這樣。

根據2011年網路上的一項調查，到底日本男女約會的時候要不要分開算帳呢？

【男性】

割り勘（わかん）にする……44%（分開算）

割り勘（わかん）にしない……56%（不要分開算）

【女性】

割り勘（わかん）にする……57%（分開算）

割り勘（わかん）にしない……43%（不要分開算）

也就是說，有比較多數的男生，認為自己是應該要付帳的，而女生方面，則認為自己應該也要付帳，看起來還滿和氣融融的，男女雙方都各有意識要付帳。

男生主張付帳的理由是──和自己心儀的對象約會，當然要表現一下男性的闊氣，不能被認為是個ケチ（けち / ke chi）（小器鬼），而且男生的食量本來就比女生大。女生不付帳的理由是──本來就應該要男生付帳的！還有人說，那是為了要男を立てる（おとこをたてる / otoko wo ta te ru）（給男生面子）。

說實在，我還滿認同要給男生面子的意見。我自己是從來沒有碰過要求要分開付帳的男生，也不會主動在櫃檯前面，當著店員的面問說要分擔多少錢而不給男生留面子。通常我會先走到門口去等，或是在離開餐廳後，才會問對方我該付多少錢。對方通常會說不用，要是我還滿喜歡這個人的，就會說：

お言葉に甘えて、ご馳走さまでした。（o koto ba ni ama e te go chi sou sa ma de shi ta）（您這麼說，那我就不客氣，讓您破費了。）

若是對那個男生沒有意思的話，我一定堅持付到底，說什麼也不想欠人家人情。

什麼樣的男生最討厭？

這個調查還進一步地問，雖然是男生付的錢，但還是被女生三振的NG理由為何，結果如下：

●一直拿不定主意要去哪裡吃飯
●喝得爛醉不省人事，要女方送回去
●菜一直沒有來就發脾氣
●低頭族，不停地看手機

看來男女約會時應該注意的，不是只有付不付帳的問題，若男生約會時雖然乖乖付了帳，可過程中卻犯了上述大忌的話，還是不能順利擄獲日本美眉的芳心。

最近看到一篇文章，總結出最讓男生倒胃口的女生行為前三名，其中一項是：上完洗手間，沒有用手帕擦乾手，兩手濕濕地甩來甩去或是直接擦在衣服上。我看到後會心一笑，心有戚戚焉，因為那活生生的畫面在台灣常出現。

我和住在台灣的日本朋友聊到這件事，她說可能是因為台灣的百貨公司不流行賣手帕，不像日本的百貨公司，一進門口吹來一陣舒服的冷氣，眼前就有賣各式各樣手帕的專櫃，男生用的、女生用的都有！基本上，日本人喜歡送手帕，家裡到處都堆了一堆，不用當然可惜。而在台灣，習俗上是不能送手帕的，因此我年輕時，第一次收到日本男生送我手帕，當下心裡還嘀咕著：「真是莫名其妙，我又沒有答應要開始和你交往，幹嘛暗示要分手啊？」現在想來真的很有趣。

天天會用的28句

わ　かん
割り勘
wa ri kan

分開算

會用到的場合

這句話你一定聽過！和日本朋友出去吃飯就會用到割り勘（わ かん / wa ri kan）這個字，所以聽到之後，還是乖乖把錢拿出來，各付各的吧！我之所以會把這個字編入本書關鍵字，就是怕各位在聽不懂的情況下，對方卻伸手硬要錢，那就會有些尷尬了。其實各自付帳在日本非常普遍，即使是好朋友之間，錢也會分得很清楚的。

在日本，朋友之間吃飯大多分開結帳。譬如四個同事一起去吃飯，吃完到櫃檯買單時，可以向店員要求個別分開付帳，這就叫 別々（べつ べつ / betsu betsu）。店員結帳時也會一位一位問點了什麼，然後一位一位地找錢，割り勘（わ かん）的配套措施做得真是好，讓人沒有辦法找到藉口假裝說：「啊，我沒有零錢，你先幫我墊一下吧！」

1.阿勇中秋節要去阿雄新買的公寓頂樓烤肉，阿雄叫他先去買肉，大家再割り勘（わりかん）。（割り勘＝分攤費用）

2.大家問阿勇，為什麼沒有帶光小姐來？他說自從那一次電影票要割り勘（わりかん），光小姐從此就不接他的電話了。（割り勘＝分開付帳）

全日文進階註解

1. 勇君（いさむくん）は月見（つきみ）の日（ひ）に雄君（ゆうくん）の新（あたら）しいマンションの屋上（おくじょう）でバーベキューをすることにしました。勇君（いさむくん）はお肉（にく）の買（か）い出（だ）しを頼（たの）まれたので、後（あと）で皆（みな）で**割り勘**（わりかん）にしました。

2. 皆（みな）は勇君（いさむくん）になんで光（ひかり）ちゃんを連（つ）れてきてないのって聞（き）いたら、勇君（いさむくん）は映画（えいが）の後（あと）にチケットを**割り勘**（わりかん）しようとしたら、その後（あと）、光（ひかり）ちゃんはもう電話（でんわ）に出（で）てくれなくなったそうです。

わ　かん
割り勘

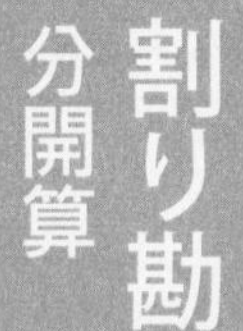

割り勘
分開算

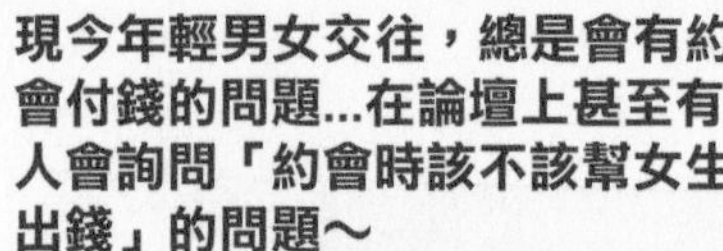

現今年輕男女交往，總是會有約會付錢的問題...在論壇上甚至有人會詢問「約會時該不該幫女生出錢」的問題～

今天玩得很開心！今天的花費總共是5000日圓！

按

計算機

…

有些男生認為，約會該由男方付錢以表示大方。
這頓就由我請囉~
大方

也有人認為，把買單的工作全部交給男生去做的女生很糟糕...
公主病

但也有男生認為，如果男生要追求女生，第一次約會應該由男生支付～
這頓我請妳~
我先拿去結帳囉！
え?
帳単

不用麻煩了～
我們割り勘吧
好快！剛剛不是
還在座位上嗎？

該不會是想讓我背
負著「公主病」的
名號吧？

哼哼...我早就看穿
你的伎倆了！
ははは～

沒關係啦～
這頓我請妳！
搶！

不用麻煩了!!
我們割り勘吧！
噗嘎！

可惡...既然這樣...
我就越要請妳！
你的脖子!!

啊!!那個是...
山下智久在那邊!!
在哪裡？

我贏了!!!
!!
我要結帳！謝謝！
一共5000日圓...
你的脖子好得真快!
え?

贏的點在哪...

27

拉麵，讚！

日本人吃拉麵時有一個習慣，
就是會發出吸麵條的聲音。吃飯時發出聲音，
這對西方人來說是非常沒有禮貌的，
但是日本人卻認為這樣才能吃到麵的口感！

五花八門的日本拉麵

相信很多到日本觀光的人，都一定會想去吃一碗道地的ラーメン(ra - men)（拉麵）看看。大部分人對日本拉麵的印象都是：哇！怎麼那麼大一碗，跟臉盆一樣，而且好鹹！事實上也的確是這樣，這是因為日本人吃拉麵時都會配白飯。仔細想想還滿好笑的，若是在台灣點一碗牛肉麵，再跟老闆說：「來一碗白飯！」肯定在場的人全都會抬起頭來，看看是誰喊的，然後在背後忍不住偷笑。

日本拉麵的種類很簡單，基本上分三種：醬油(しょうゆ, syou yu)、味噌(みそ, mi so)、塩(しお, shio)。醬油(しょうゆ)就是像紅燒的味道；味噌(みそ)就是像我們喝的味噌湯，可是味道比較濃，而且不甜；塩(しお)就是像一般陽春麵的清淡口味。吃ラーメン講究的是麵的嚼勁和口感，通常對台灣人來說，日本的麵感覺比較硬一點；而湯頭則分豚骨(とんこつ, ton kotsu)、鰹節(かつおぶし, katsuo bushi)，分別是豬骨熬出來的湯和柴魚海鮮熬出來的湯。

進去拉麵店時，面對一長串菜單，不知道要點哪樣時，我通常會建議台灣的朋友吃豚骨(とんこつ)味噌(みそ)ラーメン，特別有道地日本風味，在台灣比較吃不到。

一般來說，我是不會點白飯來配拉麵，可是我會加點のり(no ri)（海苔）和味 卵(あじ たまご, aji tamago)（滷蛋）。把のり浸到湯裡和麵一起吃很好吃，而日本滷蛋的蛋黃是半熟的，非常美味，讓人真的很想按一百個讚！若是肚子比較餓的時候，我還會加點一盤焼き餃子(やきぎょうざ, ya ki gyou za)（鍋貼）。在日本，鍋貼都只沾醬油或是辣

油，不過我還是喜歡沾點醋，再加上一兩滴麻油。若是吃完一盤六個鍋貼還是沒有飽的話，我會再多點一份半チャーハン[はん; han cha - han]（小碗炒飯）。拉麵店的炒飯會用快火炒得粒粒分明，特別好吃，連小朋友也很喜歡吃。

我偶爾會帶我家兒子去吃拉麵，但每次都感覺不太好意思，因為會被其他顧客投以異樣的眼光——看哪！那裡有一個不負責任的媽媽，竟然沒有在家裡好好煮飯，把小孩帶來吃這種重口味的食物……但說真的，會去光顧拉麵店的客人也的確以男性或是大學生、年輕人居多。

日本人吃拉麵時還有一個習慣，那就是會發出吸麵條的聲音。吃飯時發出聲音，這對西方人來說是非常沒有禮貌的，但是日本人卻認為這樣才能吃到麵的口感！我有幾次和住在日本一段時間的德國朋友去吃拉麵，看到他們拿起筷子，總是掙扎著不知該如何吃麵。而我自己則入境隨俗，放下淑女的矜持，學著豪邁地吃麵，果真發現ラーメン要這樣吃才夠味，也才能品嘗到拉麵文化的精髓。

拉麵也有自動販票機

在日本，買拉麵的方式有些特別，大部分是採買票制的，就是透過像買捷運車票一樣的自動販票機，在放進鈔票或硬幣之後，選取自己想點的種類，若想加點海苔和滷蛋，也是一樣要先買票。有一點千萬別忘記的是，最後要記得轉找錢鈕，おつり[o tsu ri]（零錢）才會掉下來，若沒有轉找錢鈕，錢是不會自動跑出來的，跟一般賣飲料的自動販賣機不同，要特別小心留意。

把票交給店員之後，我通常會交代要油少なめ[あぶら すく; abura suku na me]，也就是不要太油，這樣吃起來就不會那麼鹹。當然還可以要求像是麵硬め[かた; kata me]（硬一點）或是柔[やわ; yawa]

らかめ（爛一點）。
ra ka me

生長在台灣、到處都有夜市可以吃宵夜的我，很難接受日本沒有宵夜可以吃的狀況。尤其冬天的東京氣溫接近零度，若沒有來一碗燒仙草或是蚵仔麵線時，實在是很さびしい（落寞）。若想要來一碗熱呼呼的食物時，唯一的選擇就是去吃拉麵，因為只有拉麵店才會營業到很晚。不過，往往肚子並沒有餓到可以吃下一碗公，只是想去吃一兩口過過癮、解解饞，感覺溫溫熱熱的，回家後總是可以一下子就睡著。明知道吃宵夜是種對消化不好的習慣，但是住在日本十幾年了，卻還是遏止不了這種衝動。

sa bi shi i

拉麵菜單

日語	讀法	中文
醤油（しょうゆ）ラーメン	syou yu ra-men	醬油拉麵
味噌（みそ）ラーメン	mi so ra-men	味噌拉麵
塩（しお）ラーメン	shi o ra-men	清湯拉麵
のり	no ri	海苔
味卵（あじたまご）	a ji ta ma go	滷蛋
焼（や）き餃子（ぎょうざ）	ya ki gyou za	鍋貼
チャーハン	cha-han	炒飯
枝豆（えだまめ）	e da ma me	毛豆
ビール	bi-ru	啤酒

天天會用的28句

いけてる
i ke te ru

讚/不錯喔

會用到的場合

這句話你一定聽過！いけてる（i ke te ru）原本是大阪的關西方言，意思是讚喔！不錯喔！但是後來使用越來越普遍，就連某個黃金時段的電視綜藝節目名稱也叫めちゃイケてる（me cha i ke te ru）。這句話使用的場合很多，不管是稱讚哪一家的拉麵好吃、新開的餐廳燈光好氣氛佳，甚至是食譜實用性高都可以這樣說。

這句話也可以用來形容人很體面，既帥又體貼，延伸的合併字イケメン（i ke men）就是「帥哥、帥man」。前陣子有個搞笑藝人的招牌話就是：ラーメン（ra - men）、つけめん（tsu ke men）、僕（ぼく）イケメン（boku i ke men）！（拉麵，拌麵，我是帥man！）雖然聽起來有點無聊，但這句話可是爆紅到連幼稚園的小朋友都會模仿。

1.奈美惠帶阿雄去惠比壽吃一家從北海道來的山頭火拉麵，阿雄試了一口湯頭，直說：「いけてるね。」（いけてるね＝讚喔）

2.奈美惠準備要去夏威夷蜜月旅行的東西，翻出了大學時的比基尼，換上後，看著鏡中的自己，露出安心的微笑，自言自語地說：「まだいけてるね。」（まだいけてるね＝還不錯耶）

全日文進階註解

1. 奈美恵(なみえ)ちゃんは雄君(ゆうくん)を恵比寿(えびす)にある北海道(ほっかいどう)の山頭火(さんとうか)へ連(つ)れていったら、雄君(ゆうくん)はスープを一口(ひとくち)を飲(の)んで、「**いけてるね**」と絶賛(ぜっさん)しました。
2. 奈美恵(なみえ)ちゃんはハワイへの新婚旅行(しんこんりょこう)の荷物(にもつ)を準備(じゅんび)していて、大学時代(だいがくじだい)のビキニを試(ため)して、鏡(かがみ)の中(なか)の自分(じぶん)の姿(すがた)を見(み)つめながら、「**まだいけてるね**」と呟(つぶや)きました。

●補充：還—まだ(ma da)。

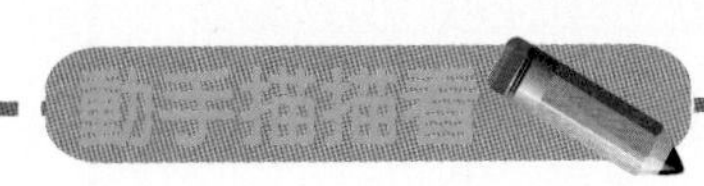

いけてる

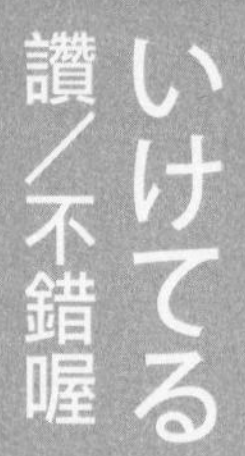

いけてる

讚／不錯喔

去日本不外乎就是要吃當地熱騰騰的拉麵囉！每次看到電視節目介紹日本拉麵，口水就直流呀！

日本人在吃拉麵的時候，似乎有種習慣，就是會把拉麵吃得簌簌叫！

いけてる!

然後喝的時候還要很滿足地「哈～」一聲！並大聲喊「哈雷嚕亞～嗆司」！！

は~

哈雷嚕亞～嗆司是你自己加的吧！

香菇跟老姐去日本的時候，意外看到一間拉麵店外面擺著一台機器！

ラーメン
食券
那是什麼！遊戲機嗎？
傻B！那是販賣機啦…

販賣機的使用流程

在販賣機選擇你要的「食券」

⬇

購買完成取得「食券」

⬇

拿著「食券」入店內給服務人員

⬇

然後就在座位上等待你的菜囉！

就連我都會操作！

終於等到了～
哇！醬油拉麵看
起來超好吃的啦！
我要開動囉！

先喝湯頭...

!!

你們把賣鹽巴的老闆怎麼了!!!
好鹹!!

日本人口味都這麼重嗎...?
好鹹喔...
不過麵很好吃！
非常有嚼勁！
我打算把
麵吃完就好...

28 一生只有一次的相會

「一期一会」——
在送給即將分別的友人的卡片上，
我很喜歡寫下這句話，
這四個字想表達的是教人珍惜眼前，把握當下。

源自茶道的日本傳統精神

「一期一会(いちごいちえ ichi go ichi e)」這句話來自於日本的茶道。茶道和禪宗有很深的淵源，禪宗充滿哲理的精神融入了茶道，讓一杯茶蘊含了人生的況味和領悟。一期一会(いちごいちえ)想表達的就是教人要珍惜眼前，唯有活在當下，人才會感到幸福，不在乎天長地久，只在乎曾經擁有。

日本許多的事物都是有深度和意涵的，這是我很喜歡日本的地方。比方說着物(きもの ki mono)（和服）上繡的花樣、懐石料理(かいせきりょうり kai seki ryou ri)的擺飾、春天賞桜(さくら sakura)的雅致、夏天祭り(まつり matsu ri)的熱鬧，全都是數百年來留下的風情，我很佩服這種珍惜傳統的精神。

好吃又好玩的「祭り」

這些傳統其實我們台灣也都有，日本的夏天祭り(まつり)，說穿了就是我們的抬神轎，但是我們不會去百貨公司買傳統服裝（旗袍？），把自己打扮得漂漂亮亮去參加；情竇初開的年輕小伙子也不會看準這場合，約鄰家的清純小少女一起去看抬神轎，順便拜拜許願燒一炷香，捐三十塊香油錢。而在日本，大家會穿上顏色鮮豔的浴衣(ゆかた yu kata)，頭上會插上好看的花或頭飾，一起去參加有好吃、好玩的祭り(まつり)，其中會有やきそば(ya ki so ba)（炒麵）、たこ焼き(や ta ko ya ki)（章魚燒）、きんぎょすくい(kin gyo su ku i)（撈金魚）、ヨーヨー(yo - yo -)（勾水球）。然而，台灣絕對

不輸人的，就是攤販的機動性和多樣化，只要有人群的地方，鹽酥雞、烤香腸的小攤販處處可見。

幸福的閱讀

我常常在日本各地匾額上看到四個字——一期一会（いちごいちえ），更喜歡在送給即將分別的友人或同事的卡片上，寫下這句話。地球上人口這麼多，能相遇是不容易的，能相知更是一種緣分和福氣。乍聽起來，我好像在模仿證嚴法師講道，不過我想「一期一会（いちごいちえ）」的哲理應該是跨越宗教、民族而相通的。

我想，這也是我寫這本書的心情。很高興而且榮幸地讓你能夠在某種機緣下，開始讀這本書，也謝謝你用心、耐心地讀完，不知道對你來說是否受用？不知道你喜不喜歡這本書？對我來說，我是以一期一会（いちごいちえ）的心情，很珍惜這個緣分，一個字一個字地為你寫成這本書，希望能帶給你一些閱讀上的愉悅、獲得知識的飽足感，更讓這樣的飽足感能轉化為成就感。

其實語言只要和實際生活銜接在一塊，就不覺得難了。這分從學習得來的滿足，之後更可以和你喜歡的事物互相結合，或許是日本的美食好酒，或許是逛街買東西，甚至於打球運動，都會因為你的語言優勢，而獲得比別人更多的情報和資訊。

人也許只有一輩子，就讓我們珍惜每一天，一起活得精彩！從今天開始，你也可以是日本語（にほんご）の達人（たつじん）了。
ni hon go no tatsu jin

いちご いちえ

一期一会

ichi go ichi e

珍惜當下

會用到的場合

這句話你一定聽過！一期一会（いちごいちえ）這句話源於日本的茶道，意思是說：我把這次與你相聚的時間，當作是僅有的一次，所以讓我珍惜這一刻，把最好的呈獻給你！英語的意思則是：once in a life time experience。不管是面對即將分別的友人、同事，或是畢業典禮時，都可以用上這句話。

活生生雙語例句 獨

1.畢業班的酷酷男導師，畢業典禮後在黑板上寫下一期一会（いちごいちえ），被看到眼角隱約地閃著淚光。（一期一会（いちごいちえ）＝珍惜當下）

2.阿雄因為景氣不好被炒魷魚，但最後仍很有風度地撇下一句：一期一会（いちごいちえ），瀟灑離開。（一期一会（いちごいちえ）＝珍惜當下）

全日文進階註解

1. クールな担任の先生は卒業式の後、黒板に**一期一会**と書いて、目に涙をかすかに浮かべていました。

2. 雄君は景気が悪いので、クビにされたけど、最後に堂々と皆に「**一期一会**の出会いに感謝します」と言って、颯爽と出て行きました。

拾起舊日美好回憶之總複習

親愛的讀者，恭喜你即將讀完這本書！不過，你還記得前面學過的內容嗎？如果不是很肯定的話也不用灰心，這只證明了我們總是要多多複習才能把學到的知識融會貫通、牢牢記住！學外語時，一個單字至少要看三遍才可能記住，而且要手腦並用，動手寫一寫才會更有效率。大家不妨動手回答下面的問題，藉此了解自己學習的成效如何喔！

I・日翻中

1. すみません、東京駅はどこですか？

____

2. 結婚してください。

____

3. 河豚を食べてもいいですか？

____

II・填入正確的時態（です/でした）

1. 對新對象說：「我喜歡你。」

好(す)き＿＿＿＿＿＿

2. 對舊情人說：「我過去曾經喜歡你。」

好(す)き＿＿＿＿＿＿

III・是非題

（　）1. 每天下班回家時，向同事說さようなら。

（　）2. 便利超商賣的三角飯糰叫作おにぎり。

（　）3. 日本人早上喜歡喝有機豆漿。

（　）4. 日本小朋友的運動會分黃藍隊。

（　）5. 日本人結婚紅包袋要寫自己的名字和多少錢。

（　）6. 在日本，女生也會被叫作先生(せんせい)。

いち ご いち え
一期一会

I：1.不好意思，請問車站在哪裡？2.請和我結婚。3.河豚可以吃嗎？
II：1.です 2.でした
III：1.（X）2.（O）3.（X）4.（X）5.（O）6.（O）

一期一会

珍惜當下

「一期一会」這句話源於日本茶道！
意思是人的一生中，僅有這次的機會，珍惜當下的意思～

香菇去日本的時候，非常珍惜在日本的時光，不管是遇到任何有趣的人、事、物都會用相機及文字記錄下來...就是日本茶道「一期一会」的意思!
雷門
厄除御守
東京鐵塔
雷門
御守
衣服鞋子
好啦...其實行李裡面都是衣服鞋子！根本就是去敗家...

曾在原宿的一家叫「天丼」點了一道招牌炸蝦飯～
天丼
てんや

好像好好吃喔！我開動囉～
!!
卡茲

這真是太好吃了！
我怕我以後吃不到怎麼辦？
這就是所謂的「一期一会」嗎？
為什麼我會流淚？
是洋蔥...
我加了洋蔥...

回台灣後...
會發現還是台灣的東西最棒！
這一切都是
愛台灣啦！
永X豆漿
士X夜市

說真的，香菇也是抱著「一期一会」
的心情在畫這本書...每天熬夜趕工！
主編
中秋不能出去
喔！要趕工！
哈啾!!
好啦...
包餛飩

也很開心能遇到作者慶玉小姐~
是非常有氣質
的小姐唷~

老實說，畫完這本書的感想是：
我要去按摩Spa了！
我右手痠到爆炸！
嘎~

噗！
砰!

總之...希望各位
會喜歡這本書囉~

我還有話要說～

撰文者後記

其實有機會在台灣完成這本書真是一個緣分，我住在日本十幾年了，因為2011年的311地震，才和我的小孩一起「逃難」回來台灣。

還記得地震發生的那一天下午，我和學生在校園舉辦烤肉會，一發現地震開始搖晃時，我們急忙把火先熄滅，然後跑到大操場上去。這時廣播傳來：「這不是災難演習，是真的發生地震。」我轉頭看到蓋得四四方方、堅固無比的水泥校舍，竟左右搖搖晃晃，像骨牌快要倒掉，心想：「完蛋了！國中學校的大操場應該是最安全感覺不到地震的地方，竟然晃得這麼嚴重，那我兒子就讀的幼稚園的木造建築一定塌下來了！他現在一定很害怕。」這是第一次，我覺得這麼接近死亡。

之後，電話完全打不通，我衝回教師辦公室時，發現電視、電腦倒得亂七八糟，因此我決定去接回小孩。校長告訴我，現在出去會很危險，但我很堅決，他只好囑咐我開車千萬要非常小心，一切保重了！一路上，所有信號都停擺了，已經完全沒有紅綠燈的指示，但是大家還是很有規矩，禮讓著慢慢開，因為這才會是最快到達的路。

等我到幼稚園時，老師說我先生已經接走了小孩，我急忙又趕去公公、婆婆家，發現東西倒了一地，大家都不見了！我一個人在那附近瘋狂地找，卻到處都找不到，我整個腦袋一片空白，全身無力坐在地上。過了兩三個小時後，行動電話終於奇蹟似地響了起來，我先生告訴我，兩個兒子和公公、婆婆都在安全的地方，他也買好幾瓶水了。

回到家後，我趕緊去超市買東西。超市地上到處都是破碎的酒瓶、玻璃瓶，但讓我很驚訝的是，沒有人大量採購、狂買囤積。我結帳排了一個小時，買了兩大籃子的東西要回去時，後面有一位日本媽媽突然追出來，她揹著一個嬰兒，一隻手牽著一個孩子，一隻手拿著我結帳後忘記帶走的一箱蔬菜果汁。她微笑說：「妳忘了妳的東西。」當時，我感動得紅了眼眶。在這緊急災難發生時，每個人的心情都是焦慮不安的，更何況這個人是有小小孩的媽媽，沒有人知道接著會不會再發生什麼事？對外的高速公路、電車全部是中斷的，短缺的物資什麼時候會再補過來？換成在其他國家，這箱果汁也許早就被拿走了，自己的生死都顧不了了，哪可能還好心地追出來拿給妳？

電視不停地報導，東京的交通完全癱瘓，但我很慶幸自己已經和家人都在家裡團聚了。過了一兩天，日本仍然餘震不斷，對外交通仍然中斷。我又去了一趟超市，發現像家樂福一樣大的超市，裡面幾乎全空了，連一瓶水都沒有，泡麵也一包都不剩。附近的7-11仍有御飯糰，公公卻叫我們

不可以買，因為家裡還有米，而那些おにぎり（御飯糰）應該要留給出外回不了家的人去買。

最後，我們開始考慮要不要回台灣。我先生擔心的不是地震本身，而是核能電廠的問題。當下非常難以抉擇，因為家裡至少是安全的，出門的未知數卻太大，除了有輻射塵的擔憂，車子汽油也只剩一半。我們到處找加油站，可是排到我們時，汽油早就賣光了。我們總共找了十多家加油站，但就是加不到油，最後只剩下大概可以開到機場的一點點汽油，不過有沒有航班我們也不知道，油也不夠從機場開回家。

那天晚上，我先生一直看著天氣氣象圖，發現風向開始要轉了，原本從南往北吹的風會在隔天早上漸漸改變，改由北往南吹，也就是會從福島吹向東京。他推算以風速一個小時十公里來算，輻射塵可能在中午左右會覆蓋全東京。當下，我第一次覺得嫁給科學家有好處。

這時候廣播說，美國派來支援的航空母艦在快接近日本外海時，卻又開走了，因此我們決定立刻出發去機場回台灣，刻不容緩！當時，我穿著居家服，什麼東西都沒有帶，只拿了護照，抱著半夢半醒之間被搖醒的孩子，五分鐘之內準備逃難回台灣。不料，公公突然說他不要走，一個老人坐在玄關地板上，說他要死也要死在自己家鄉。婆婆聽到這樣，也只好叫我們先走，她要留下來陪他。但是，我先生是不可能放著兩老不管的，我只好求公公說：「您不走，我們和小孩也沒有機會走。」於是，一家六口急急忙忙地拖著沉重的心情上車了，但因為路上大塞車，估計要五個多小時才會到機場。

車子開上高速公路時，公公開始哽咽，接著嘔吐起來，心臟也開始不舒服。他平常就有高血壓和心臟病，我們只好趕緊找醫院送急診，只是一到醫院，婆婆就叫我們趕快繼續開車去機場，深怕會趕不上第一班飛機。我先生雖然放心不下，但是也只好選擇離開，他後來對我說，那一刻是他人生最煎熬的瞬間，到底自己的抉擇對不對？會不會逼死了自己的父親？會不會見不到父親最後一面？是不是待在家裡才是對的？

我們在凌晨一點多到達機場，我趕緊去櫃檯買機票。這時，我先生突然說不要買他的票，他必須要留下來，趕回去醫院找他爸媽，小孩則拜託我自己帶回台灣好好照顧。我拿出我的訂婚鑽戒，請他再為我套上一次……我強忍著淚水，不想在孩子們面前落淚，以免影響到他們的情緒，怕他們會害怕，所以還要故作堅強對他們說：「好棒喔，我們要回台灣玩耶！你們高不高興啊？」

飛機終於抵達台北的時候，見到我三姐來接我們。松山機場的電視播起新聞快報，說超標的輻射污染覆蓋了東京！果然一切就像我先生計算的，風向改變，從福島吹向了東京。我心裡默默地說：「そうご、ありがとう！」我總算順利地把孩子帶回台灣這片安全的土地，謝謝上天！

繪圖者後記

來說說當初怎麼參與這本書的合作好了...

~~有錢當然賺啊！~~不過這樣寫有點太過膚淺...（噗！）
沒辦法～誰叫現在經濟這麼不景氣呢...（哭哭！）
其實是因爲**自己對日本文化也有濃厚的興趣～～**

書中總共28句常用日語，也是我們最常聽到的～但是在日本卻是要看人、事、物使用，一旦用錯地方可是會**糗大了喔**！

另一個作者慶玉是一個遠嫁日本的台灣人，在書裡面分享很多日本的文化及用語～
原來這句日語可以用在這時候呀！

這本書裡面有些是香菇去日本所發生的一些糗事～有些則是天馬行空發想的劇情XD 相信各位聰明的讀者都看得出來～

希望各位喜歡這本書囉！
Thanks!
謝謝大家～

平假名-清音

あ	か	さ	た	な	は	ま	や	ら	わ
a	ka	sa	ta	na	ha	ma	ya	ra	wa
い	き	し	ち	に	ひ	み		り	
i	ki	shi	chi	ni	hi	mi		ri	
う	く	す	つ	ぬ	ふ	む	ゆ	る	を
u	ku	su	tsu	nu	fu	mu	yu	ru	wo
え	け	せ	て	ね	へ	め		れ	
e	ke	se	te	ne	he	me		re	
お	こ	そ	と	の	ほ	も	よ	ろ	ん
o	ko	so	to	no	ho	mo	yo	ro	n

片假名-清音

ア	カ	サ	タ	ナ	ハ	マ	ヤ	ラ	ワ
a	ka	sa	ta	na	ha	ma	ya	ra	wa
イ	キ	シ	チ	ニ	ヒ	ミ		リ	
i	ki	shi	chi	ni	hi	mi		ri	
ウ	ク	ス	ツ	ヌ	フ	ム	ユ	ル	ヲ
u	ku	su	tsu	nu	fu	mu	yu	ru	wo
エ	ケ	セ	テ	ネ	ヘ	メ		レ	
e	ke	se	te	ne	he	me		re	
オ	コ	ソ	ト	ノ	ホ	モ	ヨ	ロ	ン
o	ko	so	to	no	ho	mo	yo	ro	n

平假名-拗音

きゃ	ぎゃ	しゃ	じゃ	ちゃ	ぢゃ	にゃ	ひゃ	びゃ	ぴゃ	みゃ	りゃ
kya	gya	sha	ja	cha	dya	nya	hya	bya	pya	mya	rya
きゅ	ぎゅ	しゅ	じゅ	ちゅ	ぢゅ	にゅ	ひゅ	びゅ	ぴゅ	みゅ	りゅ
kyu	gyu	shu	ju	chu	dyu	nyu	hyu	byu	pyu	myu	ryu
きょ	ぎょ	しょ	じょ	ちょ	ぢょ	にょ	ひょ	びょ	ぴょ	みょ	りょ
kyo	gyo	sho	jo	cho	dyo	nyo	hyo	byo	pyo	myo	ryo

片假名-拗音

キャ	ギャ	シャ	ジャ	チャ	ヂャ	ニャ	ヒャ	ビャ	ピャ	ミャ	リャ
kya	gya	sha	ja	cha	dya	nya	hya	bya	pya	mya	rya
キュ	ギュ	シュ	ジュ	チュ	ヂュ	ニュ	ヒュ	ビュ	ピュ	ミュ	リュ
kyu	gyu	shu	ju	chu	dyu	nyu	hyu	byu	pyu	myu	ryu
キョ	ギョ	ショ	ジョ	チョ	ヂョ	ニョ	ヒョ	ビョ	ピョ	ミョ	リョ
kyo	gyo	sho	jo	cho	dyo	nyo	hyo	byo	pyo	myo	ryo

平假名-濁音&半濁音

が	ざ	だ	ば	ぱ
ga	za	da	ba	pa
ぎ	じ	ぢ	び	ぴ
gi	ji	di	bi	pi
ぐ	ず	づ	ぶ	ぷ
gu	zu	du	bu	pu
げ	ぜ	で	べ	ぺ
ge	ze	de	be	pe
ご	ぞ	ど	ぼ	ぽ
go	zo	do	bo	po

片假名-濁音&半濁音

ガ	ザ	ダ	バ	パ
ga	za	da	ba	pa
ギ	ジ	ヂ	ビ	ピ
gi	ji	di	bi	pi
グ	ズ	ヅ	ブ	プ
gu	zu	du	bu	pu
ゲ	ゼ	デ	ベ	ペ
ge	ze	de	be	pe
ゴ	ゾ	ド	ボ	ポ
go	zo	do	bo	po

LEARN系列 013

奇怪的日本人，奇妙的日本語

作　　者—蔡慶玉、香菇
日語監修者—中野屋 壯吾
主　　編—顏少鵬
特約編輯—李曉娣
校　　對—葉青凰
美術設計—周怡甄、李國祥
責任企畫—張育瑄
董 事 長
發 行 人—孫思照
總 經 理—趙政岷
總 編 輯—李采洪
出 版 者—時報文化出版企業股份有限公司
10803台北市和平西路三段240號3樓
發行專線—(02)2306-6842
讀者服務專線—0800-231-705 (02)2304-7103
讀者服務傳真—(02)2304-6858
郵撥—19344724時報文化出版公司
信箱—台北郵政79~99信箱
時報悅讀網—http://www.readingtimes.com.tw
電子郵件信箱—newstudy@readingtimes.com.tw
第二編輯部臉書—時報㊣之二http://www.facebook.com/readingtimes.2
法律顧問—理律法律事務所陳長文律師、李念祖律師
印　　刷—鴻嘉彩藝印刷事業股份有限公司
初版一刷—2012年11月23日
初版五刷—2015年11月27日
定　　價—新台幣299元

⊙行政院新聞局局版北市業字第八○號

國家圖書館出版品預行編目(CIP)資料

奇怪的日本人，奇妙的日本語 / 蔡慶玉、香菇著.
-- 初版. -- 臺北市 : 時報文化, 2012.11
面 ; 公分. -- （LEARN系列 ; 013）
ISBN 978-957-13-5678-5(平裝)
1.日語 2.句法
803.169　　101021286